La segunda vida de Bree Tanner

ALFAGUARA

ALFAGUARA

Título original: The Short Second Life of Bree Tanner: An Eclipse Novella
Publicado de acuerdo con Little, Brown and Company (Inc.)
New York, New York, USA

Éstas son las sedes del **Grupo Santillana**:
Argentina, Bolivia, Chile, Colombia, Costa Rica, Ecuador, El Salvador, España, Estados Unidos, Guatemala, México, Panamá, Paraguay, Perú, Puerto Rico, República Domicana, Uruguay y Venezuela.

Primera edición: mayo de 2010

La segunda vida de Bree Tanner
ISBN: 978-1-61605-142-6

Published in the United States of America
Printed in the USA by HCI Printing & Publishing, Inc.

15 14 13 12 11 10 1 2 3 4 5 6

La segunda vida de Bree Tanner

STEPHENIE MEYER

Traducción de
Julio Hermoso

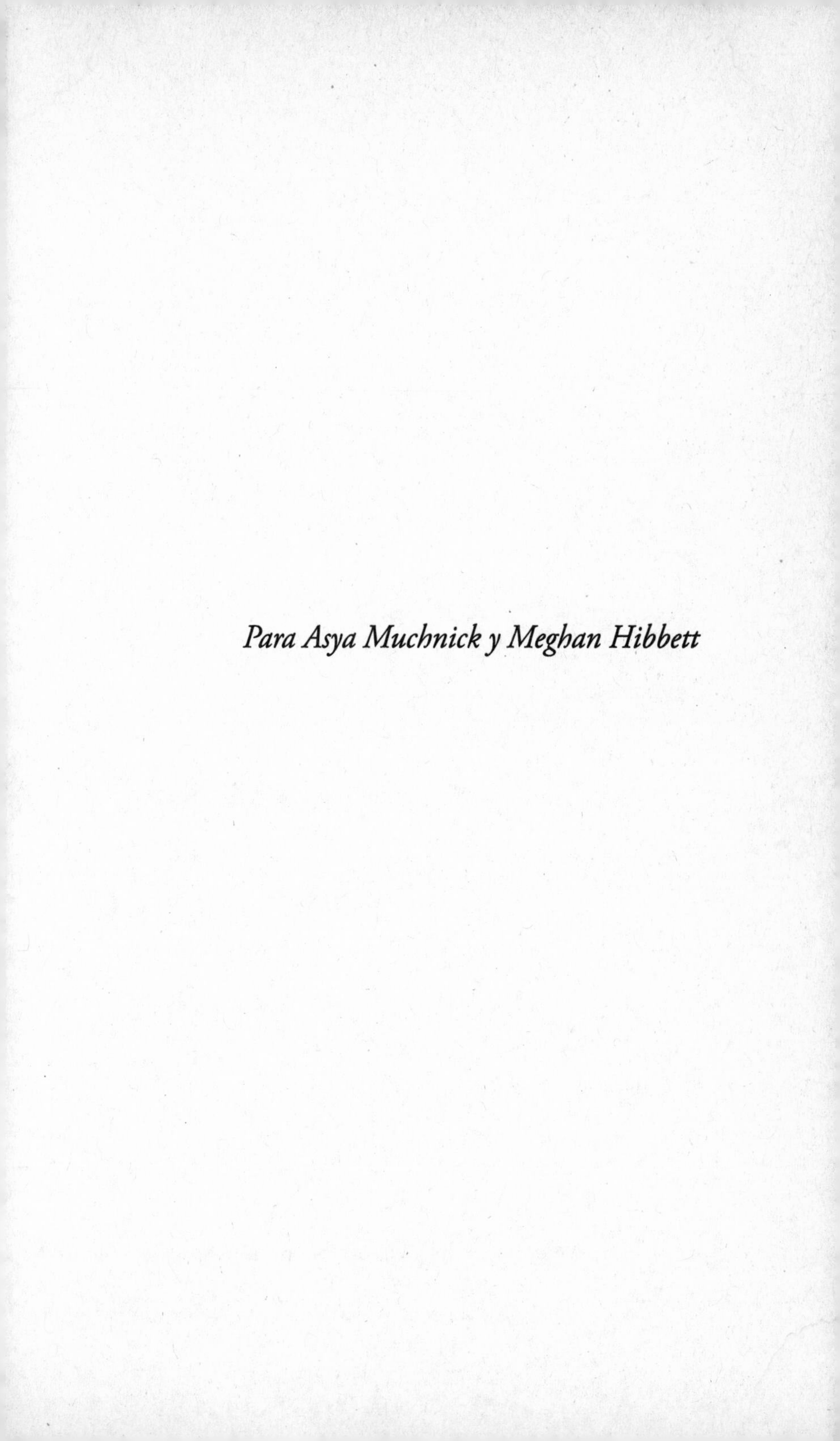

Para Asya Muchnick y Meghan Hibbett

Introducción

No hay dos autores que aborden las cosas exactamente del mismo modo. Todos nos inspiramos y nos motivamos de formas diferentes, y tenemos nuestras propias razones para que determinados personajes permanezcan a nuestro lado; otros, en cambio, desaparecen en una maraña de archivos abandonados. Yo, personalmente, no he sabido nunca por qué algunos de mis personajes han adquirido una vida independiente con tanta fuerza, pero siempre me alegra cuando lo hacen. Ésos son los personajes que se desarrollan con menor esfuerzo y, por tanto, sus historias son las que llegan a buen puerto.

Bree es uno de esos personajes y, además, la principal razón de que este relato se encuentre ahora en tus manos y no se haya perdido en el laberinto de carpetas olvidadas de mi computadora (las otras dos razones se llaman Diego y Fred). Empecé a pensar en Bree cuando estaba editando *Eclipse*.

Editando, no escribiendo: mientras escribía el primer borrador de *Eclipse,* llevaba puestas las anteojeras de la narración en primera persona; todo aquello que Bella no podía ver, oír, sentir, saborear o tocar era irrelevante. Aquella historia era exclusivamente la de su experiencia.

El siguiente paso en el proceso de edición consistía en alejarse de Bella y ver cómo fluía la historia. Mi editora, Rebecca Davis, desempeñó un papel fundamental en dicho proceso: tenía muchas preguntas que hacerme sobre las cosas que Bella no sabía y acerca de cómo podíamos aclarar más las claves de *esa* historia. Dado que Bree es la única neófita a quien Bella ve, fue a la perspectiva de Bree la primera a la que me aproximé al analizar lo que estaba pasando en segundo plano. Empecé a pensar en la vida en el sótano con los neófitos y en la caza al estilo tradicional de los vampiros. Me imaginé el mundo tal y como Bree lo entendía. Y resultó sencillo hacerlo. Desde el principio, Bree estuvo muy definida como personaje, y algunos de sus amigos cobraron vida sin esfuerzo. Así es como me suele ir en estas situaciones: intento escribir una breve sinopsis de lo que está sucediendo en cualquier otra parte de la historia y acabo garabateando diálogos. En este caso, en lugar de una sinopsis, me sorprendí a mí misma escribiendo un día en la vida de Bree.

Con Bree era la primera vez que me metía en la piel de un narrador que fuese un vampiro "de verdad": un cazador, un monstruo. Llegué a mirar a los humanos a través de sus ojos rojos; de repente éramos débiles y patéticos, presas fáciles, sin importancia alguna, salvo la de ser un apetitoso bocado. Sentí cómo era estar sola y rodeada de enemigos, siempre en guardia, sin ninguna certeza excepto la de que la propia vida está en peligro. Llegué a sumergirme en una raza totalmente distinta de vampiros: los neófitos. La vida como neófito era algo que jamás había llegado a explorar, ni siquiera cuando Bella por fin se convirtió en un vampiro. Ella jamás fue una neófita como lo fue Bree. Resultó emocionante, siniestro e incluso trágico. Cuanto más me acercaba al inevitable final, más fuerte era mi deseo de haber concluido *Eclipse* de un modo *sólo* ligeramente distinto.

Me pregunto qué te parecerá Bree. En *Eclipse* es un personaje muy breve y en apariencia trivial. Su vida se reduce a cinco minutos desde el punto de vista de Bella, y, aun así, qué importante es su historia para la comprensión de la novela. Cuando leíste la escena de *Eclipse* en la que Bella está mirando fijamente a Bree y la considera como su posible futuro, ¿en algún momento se te ocurrió pensar en lo que habría llevado a Bree hasta esa situación en el tiempo? Cuando Bree le sostiene la mirada, ¿te preguntaste cómo ella vería a Bella y a los Cullen? Probablemente no. Pero aunque lo hubieras hecho, apostaría a que nunca te imaginaste sus secretos.

Espero que Bree acabe despertando en ti el mismo afecto que a mí me inspira, aunque en cierto modo no deje de ser un deseo cruel. Ya sabes que las cosas no acaban demasiado bien para ella. Pero al menos conocerás toda la historia. Y sabrás que no hay perspectiva que carezca de verdadera importancia.

Disfrútalo.

STEPHENIE

El titular del periódico me fulminaba desde una pequeña máquina expendedora de metal: SEATTLE EN ESTADO DE SITIO. VUELVE A ASCENDER EL NÚMERO DE VÍCTIMAS MORTALES. Éste no lo había visto aún. Algún repartidor habría pasado a surtir la máquina. Afortunadamente para él, no se encontraba ya por los alrededores.

Genial. Riley se iba a poner hecho una furia. Ya me aseguraría yo de no estar a su alcance cuando viera el periódico y que fuera a otro a quien le arrancara el brazo.

Me hallaba de pie en la sombra que proporcionaba la esquina de un destartalado edificio de tres pisos, en un intento por pasar desapercibida mientras aguardaba a que alguien tomara una decisión. No deseaba cruzar la mirada con nadie, tenía los ojos clavados en la pared que había a mi lado. La planta baja del edificio había albergado una tienda de discos cerrada hacía mucho; los cristales de las ventanas, víctimas del tiempo o de la violencia callejera, habían sido sustituidos por tableros de contrachapado. En la parte alta había departamentos, vacíos, supuse, dada la ausencia de los habituales sonidos de los humanos cuando duermen. No me sorprendió, aquel lugar parecía que fuera a venirse abajo al primer golpe de viento. Los edificios al otro lado de la oscura y estrecha calle se hallaban en un estado igualmente lamentable.

El escenario habitual de una salida nocturna por la ciudad.

No quería abrir la boca y llamar la atención, pero deseaba que alguien decidiera algo. Estaba realmente sedienta y no me importaba mucho que fuéramos a la derecha, a la izquierda o por la azotea, lo único que quería era encontrar a algún desafortunado al que no le diera tiempo siquiera de pensar *el peor lugar, en el peor momento*.

Por desgracia, Riley me había hecho salir esa noche con los dos vampiros más inútiles sobre la faz de la tierra; nunca parecía importarle a quién mandaba en los grupos de caza, ni tampoco se le veía particularmente molesto cuando el hecho de enviar juntos a los integrantes equivocados suponía que un menor número de gente regresara a casa. Esa noche me habían encasquetado a Kevin y a un chico rubio cuyo nombre desconocía. Ambos formaban parte del grupo de Raoul, por tanto, sobra decir que eran estúpidos. Y peligrosos. Pero, en aquel momento, principalmente estúpidos.

En lugar de escoger una dirección para irnos de caza, de repente se hallaban inmersos en una discusión acerca de qué superhéroe sería el mejor cazador de entre los favoritos de cada uno de ellos. Era el rubio sin nombre quien ahora exponía su alegato en favor de Spiderman y ascendía deslizándose por el muro de ladrillo del callejón mientras tarareaba la música de los dibujos animados. Suspiré de frustración. ¿Llegaríamos a irnos de caza en algún momento?

A mi izquierda, un leve indicio de movimiento captó mi atención. Era el otro integrante del grupo de caza enviado por Riley: Diego. No sabía mucho de él, sólo que era mayor que casi todos los demás. La "mano derecha" de Riley, ése sería el término apropiado. Eso no hacía que él me cayera mejor que el resto de aquellos imbéciles.

Diego me estaba mirando. Tuvo que haber oído el suspiro. Desvié la mirada.

Mantén la cabeza baja y la boca bien cerrada: ésa era la forma de seguir vivo con la gente de Riley.

—Spiderman es un llorón fracasado —gritó Kevin al chico rubio—. Yo te enseñaré cómo caza un verdadero superhéroe —mostró una amplia sonrisa y sus dientes centellearon con el brillo de la luz de las farolas.

Kevin cayó de un salto en mitad de la calle justo cuando los faros de un coche giraban para iluminar el pavimento agrietado con un destello azul blanquecino. Abrió los brazos, flexionados hacia abajo, y en seguida los fue cerrando lentamente como hacen los profesionales de la lucha libre para lucirse. El coche siguió avanzando, quizá con la idea de que se quitaría de en medio de una fastidiosa vez como haría una persona normal. Como *debería*.

—¡Hulk se enfada! —vociferó Kevin—. ¡Y Hulk va... y MACHACA!

Dio un salto hacia delante para toparse con el coche antes de que éste pudiera frenar, lo agarró por la defensa delantera y lo giró por encima de su cabeza, de manera que golpeó boca abajo contra el pavimento en un estruendo de metal retorcido y cristales hechos añicos. En el interior, una mujer comenzó a gritar.

—Vamos, hombre —dijo Diego meneando la cabeza. Era guapo, con un denso y oscuro pelo rizado, ojos grandes y muy abiertos, y unos labios realmente carnosos; pero bueno, ¿quién no era guapo allí? Incluso Kevin y el resto de los imbéciles de Raoul eran *guapos*—. Kevin, se supone que tenemos que pasar inadvertidos. Riley dijo que...

—*¡Riley dijo!* —lo imitó Kevin con una desagradable voz de pito—. No seas cobarde, Diego. Riley no está aquí ahora.

Kevin le dio vuelta al Honda de forma brusca y rompió de un puñetazo la ventanilla del conductor, la cual, no se sabe muy bien cómo, había permanecido intacta hasta ese momento. Metió la mano a través del cristal roto y la bolsa de aire desinflada en busca de la conductora.

Le di la espalda y contuve la respiración haciendo mi mayor esfuerzo por conservar la capacidad de pensar.

No podía ver a Kevin alimentarse, estaba demasiado sedienta para eso y por ningún concepto deseaba iniciar una pelea con él. Tampoco me hacía ninguna falta ingresar en la lista de objetivos de Raoul.

El chico rubio no tenía los mismos problemas. Se soltó de los ladrillos de lo alto y aterrizó con suavidad atrás de mí. Oí los gruñidos que Kevin y él se dedicaban el uno al otro y, a continuación, el sonido viscoso de un desgarrón; en ese momento, cesaban los gritos de la mujer. Lo más probable es que la hubieran partido por la mitad.

Intenté no pensar en ello, aunque podía sentir el calor y escuchar cómo se desangraba a mi espalda y aquello hacía que me quemase la garganta de un modo terrible, por mucho que contuviese la respiración.

—Me largo de aquí —oí mascullar a Diego.

Se metió por una abertura que había entre los oscuros edificios y de inmediato seguí sus pasos. Si no me alejaba rápido de allí, me iba a meter en una pelea con los matones de Raoul por un cuerpo al que, de todas formas, no le podía quedar mucha sangre ya. Y entonces tal vez fuera yo quien no regresara a casa.

Ah, pero ¡me ardía la garganta! Apreté con fuerza los dientes para evitar un grito de dolor.

Diego atravesó veloz un callejón lateral repleto de basura y, acto seguido —cuando llegamos al fondo sin salida—, prosiguió muro arriba. Fui hundiendo los dedos en los surcos de entre los ladrillos y me apresuré a seguirlo.

Una vez en la azotea, Diego se elevó en el aire y se desplazó en ligeros saltos por los tejados camino de las luces que brillaban resplandecientes en la ensenada. Me mantuve cerca. Era más joven que él y, por tanto, más fuerte; estaba muy bien que los más jóvenes fuéramos los más fuertes, de otro modo no habríamos sobrevivido a nuestra primera semana en la casa de Riley. Podía haberlo adelantado con facilidad, pero quería ver adónde se dirigía y no deseaba tenerlo *detrás* de mí.

Diego no se detuvo en kilómetros; casi habíamos llegado a los muelles de carga. Podía percibir cómo mascullaba en un tono prácticamente inaudible.

—¡Idiotas! Como si Riley no nos hubiera dado instrucciones por un buen motivo. Instinto de supervivencia, por ejemplo. ¿Es mucho pedir un simple ápice de sentido común?

—Eh —levanté la voz—. ¿Vamos a tardar mucho en ir de caza? Me quema la garganta.

Diego aterrizó en el alero del tejado de una enorme nave industrial y se giró. Retrocedí varios metros de un salto, en guardia, pero no realizó ningún movimiento agresivo hacia mí.

—Sí —me dijo—. Sólo quería alejarme un poco de esos locos.

Sonrió de un modo totalmente amistoso, y yo lo miré fijamente.

Este tal Diego no era como los demás. Era como... tranquilo, supongo que sería la expresión. Normal. No ahora —normal quiero decir—, sino como antes. Sus ojos eran de un rojo más oscuro que los míos. Debía de llevar una buena temporada por aquí, tal y como había oído.

Desde abajo, en la calle, llegaban los sonidos nocturnos de los barrios más bajos de Seattle: algún coche, música con unos graves potentes, un par de personas que caminaban a paso ligero y nervioso, el canturreo desafinado de algún borrachillo en la distancia.

—Eres Bree, ¿verdad? —me preguntó Diego—. Una novata.

No me gustaba eso. *Novata*. Qué más daba.

—Sí, soy Bree. Pero no vine con el último grupo. Tengo casi tres meses.

—Cuánta elegancia para tan sólo tres meses —me dijo—. No muchos habrían sido capaces de marcharse así de la escena del accidente —y lo dijo a modo de cumplido, como si estuviese realmente impresionado.

—No quería liarme a golpes con la pandilla de locos de Raoul.

Diego asintió.

—Amén, hermana. Los de su clase no traen más que problemas.

Extraño. Diego era extraño. Que sonase como una persona que mantenía una conversación normal y corriente, de las de antes. Sin hostilidad, sin recelos; como si no estuviese valorando lo fácil o difícil que le resultaría matarme *allí mismo*. Estaba charlando conmigo, sin más.

—¿Cuánto tiempo hace que estás con Riley? —le pregunté con curiosidad.

—Va para los once meses ya.

—¡Vaya! Eso es más tiempo del que lleva Raoul.

Diego puso los ojos en blanco y escupió ponzoña por encima del bordillo del edificio.

—Sí, recuerdo cuando Riley trajo a esa basura. Las cosas no han dejado de empeorar desde entonces.

Permanecí en silencio por un instante, preguntándome si consideraría una basura a todo aquel que fuese más joven que él. No es que me importara. Ya no me preocupaba lo que pensara nadie. No tenía por qué. Tal y como dijo Riley, ahora era un dios. Más fuerte, más rápida, mejor. No contaba nadie más.

Entonces Diego susurró un silbido.

—Allá vamos. Sólo se requiere un poco de cerebro y de paciencia —y señaló hacia abajo, al otro lado de la calle.

Medio escondido a la vuelta de la esquina de un callejón oscuro, un hombre insultaba y abofeteaba a una mujer mientras otra observaba en silencio. Por su vestimenta supuse que se trataba de un chulo y dos de sus empleadas.

Eso era lo que Riley nos había dicho que hiciéramos: que cazáramos de entre la escoria, que cayéramos sobre los humanos a los que nadie iba a echar de menos, quienes no se dirigían de vuelta a un hogar donde los aguardaba una familia, aquellos cuya desaparición no fuera a ser denunciada.

Era el mismo modo en que él nos eligió a nosotros: alimento y dioses, ambos procedentes de la escoria.

A diferencia de algunos otros, yo seguía haciendo lo que Riley me había dicho. No porque él me gustara. Aquel sentimiento había desaparecido mucho tiempo atrás. Era porque sus indicaciones sonaban lógicas. ¿Qué sentido tenía llamar la atención sobre el hecho de que una pandilla de vampiros novatos reclamara Seattle para sí como territorio de caza? ¿Cómo nos iba a servir de ayuda tal cosa?

Yo ni siquiera creía en vampiros antes de serlo, de manera que, si el resto del mundo tampoco creía en ellos, el resto de los vampiros debía de estar cazando con inteligencia, al modo en que Riley nos había indicado. Es probable que tuvieran sus buenas razones.

Y como había dicho Diego, para cazar con inteligencia bastaba con un poco de cerebro y con ser paciente.

Por supuesto que todos nosotros metíamos mucho la pata, y Riley nos leía la cartilla, se quejaba, nos gritaba y rompía cosas, como la consola de videojuegos favorita de Raoul, por ejemplo. Entonces Raoul montaba en cólera, se llevaba a alguien aparte y le prendía fuego. Después, Riley se inquietaba y hacía una búsqueda para confiscar todos los mecheros y los cerillos. Unas cuantas rondas de este tipo, y Riley traía a casa a otro grupo de jovencitos de entre los despojos, convertidos en vampiros para sustituir a los que había perdido. Era un ciclo interminable.

Diego tomó aire por la nariz —una larga y profunda inhalación— y vi cambiar su cuerpo. Se agazapó sobre el tejado con una mano asida al alero. Toda aquella misteriosa simpatía había desaparecido y ahora era un cazador.

Eso era algo que yo reconocía, algo con lo que me sentía cómoda porque lo entendía.

Desconecté el cerebro. Era el momento de cazar. Respiré profundamente y atraje el aroma de la sangre del interior de los humanos de allá abajo. No eran los únicos que había en la zona, pero sí los que se encontraban más próximos. Dependiendo de a *quién* ibas a dar caza era el tipo de decisión que tenías que tomar antes de olfatear a tu presa. Ahora era ya demasiado tarde para escoger nada.

Diego se dejó caer desde el borde sin ser visto. El sonido de su aterrizaje fue demasiado contenido como para llamar la atención de la prostituta que gritaba, de la que estaba como ausente o del iracundo chulo.

Un gruñido soterrado se escapó de entre mis dientes. Mía: la sangre era *mía*. El ardor se avivaba en mi garganta y no era capaz de pensar en otra cosa.

Me lancé desde el tejado para llegar al otro lado de la calle, de manera que aterricé junto a la rubia que lloriqueaba. Pude sentir a Diego muy cerca, detrás de mí, así que le lancé un gruñido de aviso al tiempo que agarraba a la sorprendida chica por el pelo. Me la llevé a tirones hacia la pared del callejón para apoyar allí mi espalda. A la defensiva, por si acaso.

Entonces me olvidé por completo de Diego, porque podía sentir el calor bajo la dermis de la chica, oír el sonido de su pulso que martillaba a flor de piel.

Abrió la boca para gritar, pero mis dientes le destrozaron la tráquea antes de que pudiese emitir sonido alguno. Tan sólo el gorgoteo del aire y la sangre en sus pulmones y los leves gemidos que no fui capaz de controlar.

La sangre era cálida y dulce, sofocó la quemazón en mi garganta, aplacó el acuciante vacío que me irritaba el estómago. Absorbí y tragué, con sólo la vaga conciencia de cualquier otra cosa.

Oí el mismo sonido procedente de Diego, que estaba con el hombre. La otra mujer se encontraba inconsciente en el suelo. Ninguno había hecho ruido, Diego era bueno.

El problema con los humanos era que nunca había en ellos la suficiente sangre. Apenas me pareció que hubiesen transcurrido unos segundos cuando la chica se agotó. Frustrada, sacudí su malogrado cuerpo. La garganta ya comenzaba a arderme de nuevo.

Lancé el cadáver exhausto al suelo y me encorvé contra el muro, me preguntaba si sería capaz de agarrar a la chica inconsciente y largarme con ella antes de que Diego pudiera echarme el guante.

Él ya había terminado con el hombre. Me miró con una expresión que sólo podría describir como... compasiva. Pero también me podía estar equivocando de plano. No conseguía recordar que nadie hubiera sentido jamás compasión por mí, de manera que no estaba muy segura de la apariencia que tenía.

—Adelante —me dijo con un gesto de asentimiento en dirección al cuerpo tullido de la chica, tendida en el asfalto.

—¿Me estás tomando el pelo?

—Qué va, yo estoy bien por ahora. Tenemos tiempo de cazar alguno más esta noche.

Sin dejar de observarlo con atención en busca de algo que me indicara que se trataba de una trampa, salí disparada y enganché a la chica. Diego no movió un dedo para detenerme. Se volvió ligeramente y elevó la mirada al cielo negro.

Hundí los dientes en el cuello de la joven sin quitarle el ojo a él. Ésta fue aún mejor que la última. Su sangre estaba del todo limpia. La de la rubia dejaba el amargo regusto que acompaña a las drogas; tan acostumbrada estaba yo a aquello que apenas me había percatado. Me resultaba raro conseguir sangre verdaderamente limpia, ya que me atenía a la norma de los bajos fondos, y Diego parecía seguir también las reglas: tuvo que haber percibido el olor de lo que me estaba cediendo.

¿Por qué lo había hecho?

Sentí mejor la garganta cuando el segundo cuerpo se quedó vacío. Había una gran cantidad de sangre en mi organismo. Era probable que no me volviese a quemar de verdad en unos pocos días.

Diego aún aguardaba; susurraba un silbido entre dientes. Cuando dejé caer el cuerpo al suelo con un golpe seco, se volvió hacia mí y me sonrió.

—Mmm, gracias —le dije.

Él asintió.

—Tú parecías necesitarlo más que yo. Recuerdo lo difícil que resulta al principio.

—¿Se vuelve más fácil?

Se encogió de hombros.

—En ciertos aspectos —nos quedamos mirándonos el uno al otro durante un segundo—. ¿Qué te parece si nos deshacemos de estos cuerpos en la ensenada? —sugirió.

Me incliné hacia delante, agarré a la rubia muerta y me eché su cadáver al hombro. Estaba a punto de ir hasta la otra, pero Diego ya se encontraba allí, cargado con el chulo a la espalda.

—Ya la tengo —me dijo.

Lo seguí hasta el callejón y luego nos desplazamos por las vigas bajo la autopista. Las luces de los coches que cruzaban más abajo no nos alcanzaban. Pensé en lo estúpida e inconsciente que era la gente y me alegré de no formar parte del grupo de los ignorantes.

Ocultos en la oscuridad, hicimos nuestro recorrido hasta un muelle vacío, cerrado durante la noche. Diego no vaciló un instante al llegar al final del concreto, fue directo a saltar por encima del bordillo con su corpulenta carga y desapareció en el agua. Me zambullí detrás de él.

Nadó con la elegancia y la velocidad de un tiburón, cada vez más lejos y más profundo en la total oscuridad de la ensenada. Se detuvo de forma repentina cuando encontró lo que estaba buscando: una roca gigantesca cubierta de limo en el lecho del océano, con estrellas de mar y basura que colgaba de los costados. Teníamos que estar a más de treinta metros de profundidad, y aquí un humano se encontraría en la oscuridad más absoluta. Diego soltó sus cadáveres, que se bambolearon con parsimonia junto a él, al son de la corriente, mientras escarbaba con la mano en la sucia arena de la base de la roca. Un instante después, halló donde agarrarse y arrancó la roca del lugar en el que descansaba. El peso de la mole hizo que se hundiese hasta la cintura en el oscuro fondo marino.

Levantó la vista y me hizo un gesto con la cabeza.

Descendí nadando hasta él y de paso enganché con una mano sus cadáveres. Metí a la rubia de

quemo y probablemente Riley me hará salir de nuevo con más de esos monstruos de Raoul.

—Yo puedo ir contigo, si quieres. Riley me deja hacer más o menos lo que quiero.

Medité sobre la oferta, recelosa por un instante, pero Diego no se parecía de verdad a ninguno de los otros. Con él me sentía distinta, como si no tuviera tanta necesidad de guardarme las espaldas.

—Eso me gustaría —admití. Decir aquello me hizo sentir incómoda. Demasiado vulnerable o algo por el estilo.

Pero Diego apenas respondió con un "está bien" y me sonrió.

—¿Y cómo es que Riley te deja la correa tan suelta? —le pregunté con la mente puesta en la relación que habría entre ellos. Cuanto más tiempo pasaba con Diego, más difícil me resultaba imaginármelo como íntimo de Riley. Diego era tan… agradable. Nada que ver con Riley, aunque quizá se tratara de eso que llaman atracción de polos opuestos.

—Riley sabe que puede confiar en que yo me encargo de arreglar mis líos. Hablando de eso, ¿te importa si hacemos una diligencia rápida?

Este chico tan extraño estaba empezando a resultarme entretenido. Despertaba mi curiosidad. Quería ver qué iba a hacer.

—Claro —dije.

Atravesó el muelle en dirección a la carretera que recorría el puerto. Y yo fui detrás. Percibí el olor de algunos humanos, pero sabía que estaba muy oscuro y que éramos demasiado rápidos para que pudiesen vernos.

Escogió de nuevo ir por los tejados y, tras unos cuantos saltos, reconocí nuestros olores. Estaba desandando nuestro anterior recorrido.

Y entonces nos hallamos de vuelta en aquel primer callejón, donde Kevin y el otro chico se habían puesto a hacer idioteces con el coche.

—Increíble —gruñó Diego.

Al parecer, Kevin y compañía acababan de marcharse. Otros dos coches estaban apilados sobre el techo del primero, y unos cuantos observadores se habían añadido a la lista de víctimas. La policía no había llegado aún porque cualquiera que hubiera podido informar de aquel caos ya estaba muerto.

—¿Me ayudas a arreglar esto? —preguntó Diego.

—Sí.

Nos dejamos caer y de inmediato Diego lanzó los coches en una disposición diferente, para que en cierto modo pareciese que habían chocado unos contra otros en lugar de haber sido apilados por un bebé gigante enrabietado. Yo agarré los cuerpos sin vida abandonados sobre el pavimento y los embutí en el lugar del supuesto impacto.

—Un golpe muy feo —comenté.

Diego sonrió. Extrajo un encendedor de una bolsa de plástico con cierre a presión que llevaba en el bolsillo y comenzó a prenderle fuego a la ropa de las víctimas. Yo tomé el mío —Riley los repartía cuando íbamos de caza, de hecho, Kevin *debió* haber usado el suyo— y me puse con la tapicería. Los cadáveres, secos e impregnados de ponzoña inflamable, prendieron con mucha rapidez.

—Atrás —me advirtió Diego, entonces vi que había dejado abierta la tapa de la gasolina del primer coche y había desenroscado el tapón del depósito. Ascendí de un salto la pared más cercana y me aposté un piso por encima para observar. Retrocedió unos pasos y encendió un fósforo. Con una puntería perfecta, la introdujo por el pequeño orificio. En el mismo instante, dio un salto para situarse a mi lado.

El estruendo de la explosión sacudió toda la calle y comenzaron a encenderse luces a la vuelta de la esquina.

—Bien hecho —le dije.

—Gracias por tu ayuda. ¿Volvemos a casa de Riley?

Fruncí el ceño. La casa de Riley era el último sitio donde quería pasar lo que me quedaba de noche. No deseaba ver la estúpida expresión del rostro de Raoul ni oír el constante chillar y pelear. No quería tener que apretar los dientes y esconderme detrás de Fred *el freaky* para que la gente me dejara en paz. Además me había quedado sin libros.

—Aún tenemos tiempo —dijo Diego al leerme la expresión de la cara—. No tenemos por qué ir ahora mismo.

—Podría pasarla mejor con algo para leer.

—Y yo con algo de música —sonrió—. Vámonos de compras.

Nos desplazamos rápidamente por la ciudad —de nuevo por los tejados y a toda prisa por la penumbra de las calles cuando había mucha distancia entre los edificios— camino de una barriada más agradable. No nos llevó demasiado tiempo encontrar un centro comercial con una tienda de las grandes cadenas de librerías. Hice saltar el candado de la trampilla de acceso del tejado para poder entrar. El centro estaba vacío y las únicas alarmas se hallaban en las ventanas y en las puertas. Me fui directamente a la "h" mientras que Diego se dirigió a la sección de música, al fondo. Acababa de terminar con Hale, y adquirí la siguiente docena de libros de la lista: eso me mantendría ocupada un par de días.

Miré alrededor en busca de Diego y lo vi sentado en una de las mesas de la cafetería, estudiando la contraportada de sus nuevos CD. Hice una pausa y después me uní a él.

Me sentía rara porque me resultaba familiar, pero de un modo inquietante, incómodo. Me había sentado antes de esa manera, con alguien enfrente, al otro lado de la mesa; había mantenido una charla informal con aquella persona, había pensado en cosas que no fueran la vida y la muerte o la sed y la sangre. Pero eso había sido en una vida diferente, borrosa.

La última vez que me había sentado a una mesa con alguien, ese alguien había sido Riley. Resultaba difícil recordar aquella noche por multitud de razones.

—¿Cómo es que nunca te veo por la casa? —preguntó Diego de sopetón—. ¿Dónde te escondes?

Me reí e hice una mueca al mismo tiempo.

—Suelo meterme detrás de Fred *el freaky* vaya por donde vaya.

Arrugó la nariz.

—¿Lo dices en serio? ¿Cómo lo soportas?

—Te acostumbras. Por dentro no es tan terrible como por fuera. De todas formas, es el mejor escondite que he encontrado, nadie se acerca a Fred.

Diego asintió, sin perder aún el aspecto de estar asqueado.

—Eso es cierto. Es una forma de seguir vivo —me encogí de hombros, y prosiguió—: ¿Sabías que Fred es uno de los preferidos de Riley? —me preguntó.

—¿En serio? *¿Cómo?*

Nadie podía aguantar a Fred *el freaky*. Yo era la única que lo había intentado y sólo por puro instinto de supervivencia.

Diego se inclinó hacia mí con aire conspiratorio. Ya estaba tan acostumbrada a su misteriosa conducta que ni me inmuté.

—Lo oí hablar por teléfono con *ella* —sentí un escalofrío—. Ya lo sé —prosiguió, de nuevo en tono comprensivo. Por supuesto que no había misterio alguno en el hecho de que pudiéramos compadecernos mutuamente en lo que a *ella* se refería—. Fue hace unos meses. El caso es que Riley estaba hablando de Fred, muy emocionado. Por lo que decían, deduje que algunos vampiros son capaces de hacer cosas. Más cosas aparte de lo que podemos hacer los vampiros normales, quiero decir. Y eso es bueno… algo que *ella* está buscando. Vampiros con habilidades.

Arrastró el sonido de la "s" de modo que pudiera oír cómo la pronunciaba mentalmente.

—¿Qué tipo de habilidades?

—De todo tipo, según parece. Leer la mente, rastrear e incluso ver el futuro.

—Uy, sí..

—No estoy bromeando. Me da la sensación de que, de algún modo, Fred puede repeler a la gente a propósito. Está todo metido en nuestra cabeza, hace que sintamos repulsión ante la idea de hallarnos cerca de él.

Fruncí el ceño.

—¿Cómo va a ser eso algo bueno?

—Lo mantiene vivo, ¿no crees? Y me parece que también te mantiene viva a ti.

Asentí.

—Supongo que sí. ¿Dijo algo sobre alguien más? —intenté pensar en cualquier cosa extraña que hubiera visto o sentido, pero Fred era único. Los payasos del callejón de esta noche que fingían ser superhéroes no habían hecho nada que no pudiéramos hacer los demás.

—Habló de Raoul —dijo Diego torciendo el gesto de la boca.

—¿Qué habilidad tiene Raoul? ¿Superestupidez?

Diego resopló.

—Eso sin duda. Pero Riley piensa que posee alguna forma de magnetismo: la gente se ve atraída por él, lo sigue.

—Sólo quienes están justitos de capacidades mentales.

—Sí, Riley hizo referencia a eso. No parecía causar efecto en los —adoptó un tono que imitaba de un modo bastante decente la voz de Riley— "más *mansos*".

—¿Mansos?

—Deduje que se refería a gente como nosotros, los que somos capaces de pensar de vez en cuando.

No me gustaba que me llamaran "mansa". No sonaba como algo bueno cuando se decía así, sin más. La interpretación de Diego sonaba mejor.

—Era como si Riley necesitase del mando de Raoul por algún motivo... Algo se está preparando, creo yo.

Un extraño hormigueo me recorrió la espalda cuando dijo aquello, y me enderecé en la silla.

—¿Como qué?

—¿Has pensado alguna vez en por qué Riley va siempre detrás de nosotros para que no llamemos la atención?

Vacilé durante apenas medio segundo antes de responder. No era ésta la línea de interrogatorio que me hubiera esperado de la mano derecha de Riley. Era prácticamente como si estuviese cuestionando lo que Riley nos había dicho. A menos que

Diego lo estuviese preguntando *para* Riley, como un espía, para saber qué pensaban de él los "chicos". Pero no me daba esa sensación. Los oscuros ojos de Diego se mostraban bien abiertos y confiados. ¿Y por qué le iba a importar a Riley? Quizá la manera en que los demás se referían a Diego no tuviese ninguna base real, que tan sólo fueran habladurías.

Le respondí con sinceridad.

—Sí, en realidad estaba *justo* pensando en eso.

—No somos los únicos vampiros en el mundo —afirmó Diego con solemnidad.

—Ya lo sé. Riley suelta cosas a veces, pero tampoco puede haber muchos. Quiero decir, ¿no nos habríamos dado cuenta, antes?

Diego asintió.

—Eso es lo que yo creo, también. Y ésa es la razón de que resulte tan extraño que *ella* siga haciendo más de nosotros, ¿no te parece?

Fruncí el ceño.

—Ajá, porque no es que le gustemos precisamente a Riley ni nada por el estilo... —hice una nueva pausa, a la espera de ver si él me contradecía. No lo hizo. Se limitó a esperar con un leve gesto de asentimiento, así que proseguí—: Y *ella* ni siquiera se ha presentado. Tienes razón. No lo había visto desde ese ángulo. Bueno, en realidad ni siquiera había pensado en ello. Pero entonces, ¿para qué nos quieren?

Diego levantó una ceja.

—¿Quieres saber lo que pienso?

Asentí con cautela, pero mi inquietud no tenía nada que ver con él en ese momento.

—Como dije antes, algo se está preparando. Creo que *ella* quiere protección y puso a Riley a cargo de la creación de la primera línea del frente.

Valoré aquello con un hormigueo que de nuevo me recorría la espalda.

—¿Y por qué no nos lo iban a decir? ¿No nos mantendría eso, no sé, alerta o algo parecido?

—Eso sería lo más lógico —reconoció él.

Nos miramos en silencio durante unos interminables segundos. No se me ocurría nada más y no parecía que se le ocurriese a él tampoco.

Finalmente, hice una mueca y dije:

—No sé si yo me lo trago… la parte esa de que Raoul sea bueno *en nada,* eso es todo.

Diego se rio.

—Eso es difícil de rebatir —y entonces dirigió la mirada a las ventanas, al final de la oscura noche—. Se acabó el tiempo. Será mejor que volvamos antes de que nos quedemos tiesos.

—Cenizas, cenizas, todos caemos —canturreé para el cuello de mi camisa mientras me ponía en pie y recogía mi montón de libros.

Diego soltó una risotada.

Hicimos una nueva parada rápida en nuestro camino: nos metimos en la puerta de al lado, en los grandes almacenes Target —que estaban desiertos— en busca de bolsas de plástico con cierre hermético y dos mochilas. Protegí todos mis libros con bolsas dobles, me fastidiaba mucho que el agua estropeara las páginas.

Nos dirigimos entonces de regreso hacia el agua, por los tejados, principalmente. El cielo estaba empezando a teñirse de un tenue gris por el Oriente. Nos zambullimos en la ensenada justo delante de las narices de dos incautos vigilantes nocturnos junto al gran *ferry* —qué bueno para ellos que yo estuviera llena, o habrían estado demasiado cerca para mi autocontrol— y nos desplazamos a toda prisa por el agua turbia camino de la casa de Riley.

Al principio no sabía que se trataba de una carrera. Nadaba rápido tan sólo porque el cielo estaba clareando. No tenía la costumbre de apurar tanto el tiempo. Si había de ser sincera conmigo misma, menudo pedazo de vampiro *nerd* en que me había convertido: seguía las normas, no causaba problemas, iba por ahí con el chico más impopular del grupo y siempre llegaba a casa temprano.

Pero entonces Diego sí que cambió de velocidad. Me sacó varios cuerpos de ventaja, se volvió hacia mí con una sonrisa que venía a decir: "¿Qué pasa, es que no puedes mantener el ritmo?". Y se puso de nuevo a darle duro.

Bien, yo no iba a aceptar aquello. No era capaz de recordar si había sido competitiva antes —todo parecía tan lejano e irrelevante—, aunque quizá lo fuera, porque respondí de inmediato a su desafío. Diego era un buen nadador, pero yo era más fuerte, en especial justo después de haberme nutrido.

Nos vemos, gesticulé con los labios al adelantarlo, aunque no estaba segura de que lo hubiese visto.

Lo dejé atrás en la oscuridad del agua, y no perdí ni un instante en detenerme a ver por cuánto le ganaba. Atravesé la ensenada a toda velocidad hasta que alcancé el extremo de la isla donde se encontraba el más reciente de nuestros hogares. El anterior había consistido en una gran cabaña en medio de la nada, rodeada de nieve, en la ladera de una montaña en la cordillera de las Cascadas. Al igual que aquella casa, la actual estaba aislada, contaba con un amplio sótano y sus propietarios habían fallecido recientemente.

Me apresuré a llegar a la playa rocosa y poco profunda, y a continuación hundí los dedos en el acantilado de arenisca y salí volando. Oí a Diego salir del agua justo al tiempo que me agarraba del tronco de un pino descolgado y pasaba por encima del borde del acantilado.

Cuando aterricé con suavidad sobre los dedos de los pies, dos cosas me llamaron la atención. La primera, que había mucha luz allí fuera. La segunda, que la casa había desaparecido.

Bueno, no había desaparecido del todo, parte de ella aún era visible, pero el espacio que antes ocupaba la casa estaba vacío ahora. El techo se había venido abajo y se había convertido en porciones irregulares y angulosas de madera negra, carbonizada, hundida por debajo de la altura que antes tenía la puerta principal.

Estaba amaneciendo con rapidez. Los oscuros pinos dejaban entrever rastros de su verde perenne. Las copas más pálidas pronto destacarían contra la oscuridad del fondo y, llegados a ese punto, yo estaría muerta.

O muerta *de verdad,* o quién sabe qué. Esta sedienta segunda vida de superhéroe se iría al garete en una súbita llamarada. Y lo único que me imaginaba era que sería muy, muy dolorosa.

No era la primera vez que veía nuestro refugio destruido —con tanta pelea y tanto fuego en los sótanos, la mayoría sólo duraba unas semanas—, pero era la primera vez que me encontraba ante la escena de la destrucción con la amenaza de los primeros y débiles rayos de la luz del sol.

Aspiré en un jadeo de aturdimiento cuando Diego aterrizó a mi lado.

—¿Y si nos metemos bajo el tejado? —susurré—. ¿Sería eso lo bastante seguro o…?

—No te asustes, Bree —me dijo Diego, que sonaba demasiado tranquilo—. Conozco un sitio. Vamos.

Dio una voltereta muy elegante hacia atrás por encima del borde del acantilado.

Yo no pensaba que el agua fuera filtro suficiente para la luz del sol, aunque tal vez no pudiéramos arder si nos encontrábamos sumergidos. A mí me parecía un plan realmente pobre.

No obstante, en lugar de escarbar un túnel bajo la chamuscada estructura de la casa siniestrada, me lancé detrás de él por el acantilado. No estaba en absoluto segura de mi razonamiento, y ésa era una sensación extraña. Por lo general hacía siempre lo mismo: seguía la rutina, hacía lo que parecía lógico.

Alcancé a Diego en el agua. De nuevo estaba de prisa, pero esta vez no era sólo porque sí. Ésta era una carrera contra el sol.

A toda velocidad, dobló un cabo de la pequeña isla y se sumergió muy profundo. Me sorprendió que no se golpease contra el fondo rocoso de la ensenada, y me sorprendí aún más cuando pude sentir el flujo de una corriente más cálida. Surgía de lo que había pensado que no era sino un saliente en la roca.

Muy hábil por parte de Diego contar con un sitio como éste. Sin duda, no iba a resultar divertido que nos quedáramos sentados en una cueva submarina todo el día —no respirar comenzaba a causar irritación pasadas unas horas—, pero era mejor que reventar hecha cenizas. Tenía que haber pensado como Diego. Pensar en algo más aparte de la sangre, quiero decir. Tenía que haber estado preparada para lo inesperado.

Diego continuó avanzando a través de una estrecha grieta en las rocas. Allí dentro estaba oscuro, negro como el carbón. A salvo. No podía seguir nadando —el espacio era demasiado estrecho—, así que avancé como pude, igual que Diego, trepando por la tortuosa abertura. Seguí esperando a que se detuviera, pero no lo hizo. De repente me percaté de que estábamos ascendiendo de verdad, y entonces oí a Diego salir a la superficie.

Yo salí apenas medio segundo después que él.

La cueva no era mucho más que un pequeño agujero, una madriguera del tamaño de un Volkswagen Escarabajo, aunque no tan alta. Una segunda abertura conducía al exterior desde el fondo, y podía percibir el aire fresco procedente de aquella dirección. Distinguí la forma de los dedos de Diego repetida una y otra vez en la textura de las paredes de piedra caliza.

—Bonito lugar —le dije.

Diego sonrió.

—Mejor que la espalda de Fred *el freaky*.

—Eso no te lo discuto. Mmm. Gracias.

—De nada.

Nos miramos en la oscuridad durante un minuto. Su semblante, relajado y tranquilo. Con cualquier otro, Kevin, Kristie o quien fuese de entre los demás, habría sido aterrador: el espacio reducido, la proximidad forzosa. El modo en que podía oler su rastro a todo mi alrededor. Eso habría significado una muerte rápida y dolorosa en cualquier instante. Pero qué sereno era Diego. Nada parecido a ningún otro.

—¿Qué edad tienes? —me preguntó de pronto.

—Tres meses, ya te lo dije.

—No me refería a eso. Supongo que la forma apropiada de preguntártelo sería... mmm, ¿qué edad *tenías*?

Me aparté, incómoda, cuando me di cuenta de que me estaba preguntando por asuntos *humanos*. Nadie hablaba de eso. Nadie quería pensar en ello. Pero yo tampoco quería poner fin a la conversación. El solo hecho de mantener siquiera una conversación era algo nuevo y distinto. Vacilé, y él aguardó con una expresión de curiosidad.

—Tenía, mmm, quince años, creo. Casi dieciséis. No me acuerdo del día... ¿había pasado mi cumpleaños? —intenté hacer memoria, pero aquellas últimas semanas de hambre eran como una gran mancha borrosa, y los esfuerzos por conseguir aclararlas hacían que me doliera la cabeza de un modo muy extraño. Negué con un gesto, lo dejé—. ¿Y tú?

—Acababa de cumplir los dieciocho —me dijo él—. Qué cerca.

—¿Cerca de qué?

—De salir —me dijo, pero no continuó. Durante un minuto se produjo un silencio incómodo y a continuación cambió de tema—. Lo has hecho realmente bien desde que llegaste —me dijo conforme iba recorriendo con la mirada mis brazos cruzados, las piernas encogidas—. Has sobrevivido, has evitado atraer la atención inapropiada, estás entera.

Hice un gesto de indiferencia y me remangué la camiseta hasta el hombro, de forma que pudiese ver la línea delgada e irregular que me circundaba el brazo.

—Éste me lo arrancaron una vez —admití—. Me lo volvieron a poner antes de que Jen lo pudiera tostar. Riley me enseñó cómo recolocármelo.

Diego sonrió de forma irónica y se tocó la rodilla derecha con un dedo. Sus *jeans* oscuros cubrían la cicatriz que debía de haber ahí.

—Le pasa a todo el mundo.

—Auch —dije yo.

Él asintió.

—En serio. Pero como te estaba diciendo, eres una vampira bastante decente.

—¿Se supone que debería darte las gracias?

—Sólo estoy pensando en voz alta, intentando hallarle el sentido a las cosas.

—¿A qué cosas?

Frunció ligeramente el ceño.

—A lo que está pasando en realidad. A lo que pretende Riley, a la razón por la que sigue trayéndole a *ella* unos chicos tan al azar. Por qué a Riley no parece importarle si se trata de alguien como tú o de alguien como ese idiota de Kevin.

Sonaba como si él no conociese a Riley mejor que yo.

—¿Qué quieres decir con alguien como yo? —le pregunté.

—Tú eres del tipo que Riley debería estar buscando, de los listos, y no esa banda de estúpidos pandilleros que no deja de traer Raoul. Apostaría a que tú no eras una drogadicta cuando eras humana.

Me sentí incómoda ante la última palabra. Diego se quedó esperando mi respuesta, como si no hubiera dicho nada raro. Respiré hondo y volví a pensar.

—No andaba muy lejos —admití tras unos segundos de paciente observación por su parte—. No había llegado a eso, pero en unas pocas semanas más… —me encogí de hombros—. Ya sabes, no me acuerdo de mucho, pero sí recuerdo que pensaba que no había nada más fuerte en este planeta que el hambre de antes. Ahora resulta que la sed es peor.

Se rio.

—Ni que lo digas, hermana.

—¿Y qué hay de ti? ¿No eras tú un jovencito fugitivo y problemático como el resto de nosotros?

—Oh, sí que era problemático —dejó de hablar.

Pero yo también sabía quedarme sentada y esperar las respuestas a unas preguntas inapropiadas. Me limité a mirarlo fijamente.

Suspiró. El olor de su aliento era agradable. Todo el mundo olía dulce, pero Diego tenía una pizca de algo más: alguna especia como la canela o el clavo.

—Intenté mantenerme lejos de toda esa mierda. Estudié mucho. Iba a salir del barrio, ya sabes, ir a la universidad. Convertirme en alguien. Pero había un tipo no muy diferente de Raoul: únete o muere, ése era su lema. Yo no quería ninguna de las dos opciones, así que me mantenía lejos de su grupo, tenía cuidado, seguía vivo —se detuvo y cerró los ojos.

Yo no había terminado de presionarlo.

—¿Y?

—Mi hermano menor no tuvo el mismo cuidado.

Estaba a punto de preguntarle si su hermano se había unido o había muerto, pero la expresión de su rostro hizo innecesaria la pregunta. Desvié la mirada, no sabía cómo reaccionar. La verdad es que no podía entender su pérdida, el dolor que aún le hacía sentir de una forma tan clara. Yo no había dejado atrás nada que añorara todavía. ¿Era ésa la diferencia? ¿Era ésa la razón por la cual él se detenía a pensar en unos recuerdos que los demás rehuíamos?

Seguía sin ver cómo encajaba Riley en todo aquello. Riley y la dolorosa hamburguesa con queso. Quería oír aquella parte de la historia, pero ahora me sentía mal por empujarlo a responder.

Afortunadamente para mi curiosidad, Diego prosiguió un minuto después.

—Me descontrolé, digámoslo así. Le robé un arma a un amigo y me fui de caza —se rio de forma siniestra—. No se me daba tan bien por aquel entonces, pero acabé con el individuo que se cargó a mi hermano antes de que él me liquidara a mí. El resto de su gente me tenía acorralado en un callejón. Y luego, de repente, allí estaba Riley, entre ellos y yo. Recuerdo haber pensado que era el tipo más pálido que jamás había visto. Ni siquiera miró a los otros cuando le dispararon, como si las balas fueran moscas. ¿Sabes lo que me dijo? Pues me dijo: "¿Quieres una nueva vida, muchacho?".

—¡Ja! —me reí—. Eso es mucho mejor que lo mío. Todo lo que yo obtuve fue: "Eh, chica, ¿quieres una hamburguesa?".

Aún me acordaba del aspecto que Riley tenía aquella noche, aunque la imagen estuviera toda borrosa porque mi vista era un asco en aquella época. Era el tipo más hermoso que había visto nunca: alto, rubio y de rasgos perfectos. Sabía que sus ojos debían ser igual de bonitos debajo de las gafas de sol oscuras que no se quitó en ningún momento; y su voz tan agradable, tan dulce. Creí que sabía lo que deseaba a cambio de la comida, y también se lo habría dado. No porque fuera tan agradable a la vista, sino porque en dos semanas no había comido nada excepto basura. Y sin embargo, resultó que lo que quería era otra cosa.

Diego se rio con la frase de la hamburguesa.

—Debías de estar bastante hambrienta.

—Pues sí.

—¿Y por qué pasabas tanta hambre?

—Porque fui estúpida y me largué huyendo antes de sacar la licencia de conducir. No podía conseguir un trabajo de verdad, y era una mala ladrona.

—¿De qué estabas huyendo?

Vacilé. Los recuerdos se iban aclarando poco a poco conforme me iba concentrando en ellos, y no estaba segura de desear tal cosa.

—A ver, vamos —insistió—. Yo ya te conté lo mío.

—Sí, me lo contaste. Está bien. Estaba huyendo de mi padre, solía golpearme. Es probable que le hiciera lo mismo a mi madre antes de que ella se largara. Yo era muy pequeña entonces y no me enteraba de mucho. La cosa fue empeorando y pensé que si esperaba demasiado acabaría muerta. Él me decía que si alguna vez me iba, me moriría de hambre. En eso tenía razón: lo único en lo que siempre acertó en cuanto a mí se refiere. No pienso mucho en ello.

Diego hizo un gesto de asentimiento.

—Es difícil recordar esas cosas, ¿verdad? Es todo tan confuso y oscuro.

—Es como intentar ver con barro en los ojos.

—Una buena comparación —me halagó. Entrecerró los ojos como si estuviera intentando ver, y se los frotó.

Nos volvimos a reír juntos. Muy raro.

—Me parece que no me he reído *con* nadie desde que conocí a Riley —dijo él dando así voz a mis pensamientos—. Es agradable. Tú eres agradable, no como los otros. ¿Has intentado alguna vez mantener una conversación con alguno de ellos?

—No, en absoluto.

—No te pierdes de nada, que es adonde yo voy. ¿No disfrutaría Riley de un nivel de vida un poco más elevado si se rodeara de vampiros decentes? Si se supone que hemos de protegerla a *ella,* ¿no debería él buscárselos inteligentes?

—Así que Riley no necesita cerebros —razoné—. Necesita cantidad.

Diego frunció los labios al ponderarlo.

—Si se tratara de ajedrez, no estaría creando alfiles y caballos.

—No somos más que peones —caí en la cuenta.

Nos quedamos mirándonos el uno al otro durante un minuto eterno.

—Yo no quiero pensar eso —afirmó Diego.

—¿Qué hacemos entonces? —le pregunté, utilizando el plural de manera automática. Como si ya formásemos un equipo.

Meditó sobre mi pregunta un instante, se veía incómodo, y lamenté aquella primera persona del plural. Pero luego dijo:

—¿Qué vamos a poder hacer si no sabemos lo que está pasando?

Entonces no le molestaba lo del equipo, y eso me hizo sentir realmente bien, de un modo que no recordaba haberme sentido nunca.

—Supongo que mantener los ojos bien abiertos, prestar atención, intentar deducirlo.

Asintió.

—Tenemos que pensar en todo lo que nos haya dicho Riley, en todo lo que ha hecho —se detuvo, pensativo—. Ya sabes, una vez intenté hablar con él de algo de esto, pero a Riley no pudo haberle importado menos. Me dijo que me centrara en cosas de mayor relevancia, como la sed. Que por otro lado era lo único en lo que podía pensar entonces, por supuesto. Me hizo salir de caza y dejé de preocuparme...

Observé cómo pensaba en Riley. Tenía la mirada perdida mientras revivía el recuerdo, y yo tenía mis dudas. Diego era mi primer amigo en esta vida, pero yo no era lo mismo para él.

De repente, me volvió a sobresaltar con su razonamiento.

—Y entonces, ¿Qué hemos aprendido de Riley?

Me concentré y fui recorriendo mentalmente los tres últimos meses.

—La verdad es que no nos cuenta mucho, ya lo sabes. Sólo los fundamentos de los vampiros.

—Tenemos que escuchar con mayor atención.

Permanecimos sentados en silencio, valorando esto último. Yo pensaba principalmente en lo mucho que desconocía y en la razón por la que no me había preocupado hasta ahora por todo lo que no sabía. Era como si hablar con Diego me hubiera aclarado las ideas. Por primera vez en tres meses, *la sangre* no era lo más importante.

El silencio duró un rato. El orificio negro a través del cual yo había notado que entraba aire fresco en la cueva ya no era tan negro. Ahora era de color gris oscuro y a cada segundo que pasaba se iba aclarando de manera infinitesimal. Diego se percató de que lo observaba nerviosa.

—No te preocupes —me dijo—. En los días soleados se cuela aquí una luz muy tenue. No te hace nada —e hizo un gesto de indiferencia.

Escruté más de cerca la abertura en el suelo, donde el agua iba desapareciendo a medida que la marea bajaba.

—En serio, Bree. Ya he estado aquí abajo otras veces durante el día. Le hablé a Riley de esta cavidad y de cómo casi toda estaba llena de agua, y él dijo que era un buen sitio para cuando necesitara salir de esa casa de locos. En todo caso, ¿tengo aspecto de haberme chamuscado?

Vacilé al pensar en lo diferente que era su relación con Riley de la mía. Arqueó las cejas a la espera de una respuesta.

—No —dije finalmente—. Pero…

—Mira —me interrumpió con impaciencia. Reptó veloz para llegar al túnel y metió allí el brazo hasta el hombro—. Nada.

Asentí una vez.

—¡Tranquilízate! ¿Quieres que pruebe a ver hasta qué altura puedo llegar? —fue metiendo la cabeza en el conducto a medida que hablaba y empezó a ascender.

—No lo hagas, Diego —había desaparecido ya de mi vista—. Estoy tranquila, lo juro.

Se estaba riendo, y sonaba como si ya hubiera avanzado varios metros por el túnel. Quería seguirlo, agarrarle del pie y tirar de él para traerlo de vuelta, pero estaba petrificada por la ansiedad. Sería estúpido arriesgar mi vida para salvar la de un completo extraño. Pero no había tenido nada semejante a un amigo en la eternidad. A esas alturas ya me iba a resultar difícil volver a estar sin nadie con quien hablar, tras una sola noche.

—No me estoy quemando[1] —voceó desde arriba en tono de guasa—. Espera… ¿Qué…? ¡Ah!

—¿Diego?

Atravesé la cueva de un salto e introduje la cabeza en el túnel. Su rostro estaba allí mismo, a centímetros del mío.

—¡Bu!

Retrocedí de un respingo ante su proximidad; un acto reflejo sin más, un viejo hábito.

—Muy divertido —dije con sequedad al tiempo que me apartaba y él se deslizaba de nuevo en el interior de la cueva.

---

[1]En español en el original. (N. del T.)

—Chica, necesitas relajarte. Esto ya lo investigué, ¿de acuerdo? La luz indirecta del sol no causa ningún daño.

—¿Me estás diciendo entonces que me puedo poner a la maravillosa sombra de un árbol sin que me pase nada?

Dudó unos instantes, como si dudara de quererme contar algo, y entonces me dijo en voz baja:

—Yo lo hice una vez.

Me quedé mirándolo, a la espera de su sonrisa, porque aquello tenía que ser una broma.

Ni rastro de ella.

—Riley dijo... —arranqué yo, y entonces mi voz se fue apagando.

—Sí, ya sé lo que dijo Riley —admitió—. Quizá Riley no sepa tanto como él dice.

—Pero ¿y Shelly y Steve? ¿Doug y Adam? ¿Aquel chico pelirrojo? Todos ellos. Ya no están porque no regresaron a tiempo. Riley vio las cenizas —las cejas de Diego se juntaron en un gesto de tristeza—. Todo el mundo sabe que los vampiros de antaño tenían que permanecer en ataúdes durante el día —proseguí— para protegerse del sol. Eso es saber común, Diego.

—Tienes razón. Todos los relatos dicen eso, sin duda.

—Y de todas formas, ¿qué ganaría Riley encerrándonos en un sótano donde no llegase la luz, un gran ataúd colectivo, durante todo el día? Lo que hacemos es demoler la casa, y él tiene que ocuparse de las peleas, es un caos constante. No me puedes estar diciendo que Riley disfruta con ello.

Algo de lo que dije le sorprendió. Se quedó sentado con la boca abierta durante un segundo; luego la cerró.

—¿Qué?

—Saber común —repitió él—. ¿Qué hacen los vampiros metidos en ataúdes todo el día?

—Mmm… Sí, claro, se supone que dormir, ¿no? Aunque yo me imagino que lo más probable es que se queden ahí tumbados y aburridos, porque nosotros no… Ah, entonces esa parte es incorrecta.

—Exacto. En los relatos no están simplemente dormidos, están totalmente inconscientes. No se pueden despertar. Un humano puede llegar tan campante y clavarles una estaca, sin problema alguno. Y ésa es otra: las estacas. ¿De verdad crees que alguien puede atravesarte con un trozo de madera?

Me encogí de hombros.

—La verdad es que no he pensado en ello. Es decir, supongo que no con un trozo normal de madera, obviamente. Tal vez la madera afilada tenga algún tipo de… yo qué sé… propiedades mágicas o algo así.

Diego resopló.

—Por favor.

—Bueno, no lo sé. De todas formas, yo no me quedaría ahí quieta mientras un humano viene corriendo hacia mí con un palo de escoba afilado.

Diego —todavía con una especie de gesto de asco en el rostro, como si la magia fuera realmente algo tan lejano siendo un vampiro— se puso de rodillas y empezó a rascar con los dedos la piedra caliza que había sobre él. Se le llenó el pelo de fragmentos minúsculos de piedra, pero él no se inmutó.

—¿Qué haces?

—Experimentar.

Escarbó con ambas manos hasta que pudo ponerse en pie, y siguió adelante.

—Diego, sal a la superficie y explotas. Para ya.

—No estoy intentando… Ah, allá vamos.

Se produjo un fuerte crujido, y otro más a continuación, pero no hubo nada de luz. Se volvió a agachar, hasta donde yo pudiera verle la cara, con el trozo de la raíz de un árbol en la mano blanca, muerta y seca bajo los terrones de arena. El extremo por donde la había partido formaba una punta afilada y desigual. Me la tiró.

—Clávamela.

Se la tiré de vuelta.

—Olvídalo.

—Lo digo en serio. Sabes que no puede hacerme daño —volvió a lanzarme la raíz, describiendo un arco. En lugar de atraparla, le di un golpe para devolverla.

La agarró al vuelo y masculló:

—¡Cómo puedes ser tan... *supersticiosa*!

—Soy un vampiro. Si eso no demuestra que la gente supersticiosa tiene razón, entonces no sé qué lo demostrará.

—Muy bien, lo haré.

Sostuvo la raíz apartada de sí en un gesto dramático, el brazo extendido, como si se tratara de una espada y estuviera a punto de atravesarse.

—Vamos —le dije inquieta—. Esto es estúpido.

—Aquí voy. A que no hay nada en juego.

Destrozó la raíz contra su pecho justo en el lugar donde antes le latía el corazón, con la fuerza suficiente como para atravesar un bloque de granito. Me quedé helada de pánico hasta que se rio.

—Tendrías que verte la cara, Bree.

Jugueteó con las astillas de madera rota entre los dedos. La raíz destrozada cayó al suelo en añicos. Diego se sacudió la camisa, aunque ya estaba demasiado sucia de tanto nadar y excavar para que el esfuerzo le sirviera de algo. Ambos tendríamos que robar más ropa en la próxima oportunidad que se nos presentara.

—Quizá sea diferente cuando lo hace un humano.

—¿Lo dices por lo mágica que tú te sentías cuando eras humana?

—No lo sé, Diego —dije con exasperación—. Yo no inventé todas esas historias.

Asintió, ahora más serio, de repente.

—¿Y si las historias son exactamente eso? Un invento.

Suspiré.

—¿Y eso qué cambiaría?

—No estoy seguro, pero si vamos a analizar con detenimiento por qué estamos aquí, por qué Riley nos llevó hasta *ella,* por qué sigue haciendo más de nosotros, entonces tenemos que ser capaces de comprender tanto como nos sea posible —arrugó la frente, desapareciendo ya de su semblante todo rastro de risa alguna.

Yo sólo pude mirarlo fijamente. No tenía respuestas.

Se suavizó un poco la expresión de sus facciones.

—Esto es de una gran ayuda, ¿sabes? Hablar de ello me ayuda a concentrarme.

—A mí también —le dije—. No sé por qué no había pensado jamás en esto. Parece tan obvio. Pero si nos unimos en esto... no sé. Me mantiene más encarrilada.

—Exacto —Diego me sonrió—. Me alegro mucho de que hayas salido esta noche.

—No te pongas sentimentaloide conmigo ahora.

—¿Qué? ¿No quieres que seamos —abrió mucho los ojos y el tono de su voz se volvió una octava más agudo— IAE? —y se partió de risa tras aquella expresión tan torpe.

Puse los ojos en blanco sin estar completamente segura de que se estuviera riendo de lo que había dicho o de mí.

—Vamos, Bree, por favor, sé mi íntima amiga para la eternidad —seguía de broma, pero su amplia sonrisa era natural y... optimista. Me mostró la mano extendida.

Esta vez fui de verdad a chocársela y, hasta que me tomó la mano y la sostuvo, no me percaté de que lo que él había pretendido era algo distinto.

Resultaba sorprendentemente extraño tocar a otra persona después de toda una vida —porque los últimos tres meses eran toda mi vida— de evitar todo tipo de contacto. Igual que tocar una línea de alta tensión caída, entre chispas, sólo para descubrir que la sensación era agradable.

Sentía que la sonrisa en mi cara estaba un poco torcida.

—Cuenta conmigo.

—Excelente. Nuestro propio club privado.

—Muy exclusivo —coincidí.

Él aún tenía mi mano. No la movía como en un apretón, pero tampoco la sujetaba exactamente.

—Necesitamos un saludo secreto.

—De eso te puedes encargar tú.

—Por lo tanto, el club supersecreto de los íntimos amigos es llamado al orden, todos presentes, el saludo secreto habrá de ser ideado en una fecha posterior —dijo—. Primer punto del orden del día: Riley. ¿Ignorante? ¿Mal informado? ¿O mentiroso?

Sus ojos se hallaban fijos sobre los míos conforme hablaba, abiertos de par en par y sinceros. No hubo ningún cambio en el momento en que pronunció el nombre de Riley. En aquel instante estuve segura de que no había fundamento en las historias sobre Diego y Riley. Tan sólo era que Diego llevaba más tiempo allí que el resto, nada más. Podía confiar en él.

—Añádase esto a la lista —le dije—. Planes. ¿En lo referente a cuáles son los suyos?

—Has dado en el blanco. Eso es exactamente lo que hemos de averiguar. Pero antes, otro experimento.

—Esa palabra me pone nerviosa.

—La confianza es un componente esencial de la parafernalia del club secreto.

Se incorporó ocupando el espacio extra en el techo que él mismo había abierto, y se puso a excavar de nuevo. En un instante sus pies se tambaleaban en el aire mientras se sujetaba con una mano y escarbaba con la otra.

—Más te vale estar buscando ajos —le advertí, y retrocedí en dirección al túnel que conducía al mar.

—Las historias no son ciertas, Bree —me dijo a voces. Continuó ascendiendo dentro del agujero que hacía, y seguía lloviendo tierra. A ese ritmo iba a rellenar todo su escondite, o a inundarlo de luz, lo cual lo convertiría en algo más inútil aún.

Me deslicé casi entera en el interior del conducto de escape, apenas asomaba las yemas de los dedos y los ojos por encima del borde. El agua me llegaba sólo hasta la cadera. Me bastaría con una mínima fracción de segundo para desaparecer en la oscuridad que había debajo de mí, y podía pasar un día sin respirar.

Nunca había sido una entusiasta del fuego. El motivo de esto podía hallarse en algún recuerdo enterrado de mi infancia, o quizá se trataba de algo más reciente. Ya había tenido fuego de sobra con mi conversión en vampiro.

Diego tenía que estar ya cerca de la superficie. Una vez más, tuve que combatir la idea de perder a mi nuevo y único amigo.

—Diego, para ya, por favor —susurré, consciente de que lo más probable era que él se riera; consciente de que no me escucharía.

—Confía, Bree.

Aguardé, inmóvil.

—Casi… —masculló él—. Muy bien.

Me tensé a la espera de la luz, o de una chispa, o de la explosión, pero Diego se dejó caer mientras continuaba oscuro. En la mano llevaba una raíz más larga, un palo grueso y retorcido casi tan alto como yo. Me dedicó una mirada de *ya te lo dije*.

—No soy un completo insensato —me dijo. Señaló la raíz con la mano que tenía libre—. ¿Lo ves? Precauciones.

Dicho aquello, metió la raíz en el agujero que había hecho y la clavó en la parte alta. Se produjo una avalancha final de grava y arena al tiempo que Diego retrocedía de rodillas para apartarse. Y entonces un haz de luz brillante —un rayo del grosor del brazo de Diego— perforó la oscuridad de la cueva. La luz formaba una columna desde el techo hasta el suelo, que resplandecía al atravesarla el polvo a la deriva. Yo estaba petrificada, asida al borde, lista para hundirme.

Diego no salió despedido ni se puso a gritar de dolor. No había ningún olor a humo. La cueva estaba cien veces más iluminada que antes pero a él no parecía afectarle, así que quizá fuera verdad su historia sobre la sombra del árbol. Observé con atención cómo permanecía arrodillado junto a la columna de luz, inmóvil, mirándola fijamente. Se encontraba bien en apariencia, pero en su piel había un ligero cambio, una especie de movimiento que reflejaba el brillo, quizá por el polvo que caía. Casi parecía como si él mismo estuviera brillando.

Quizá no fuera el polvo, quizá se estuviera quemando. Quizá no doliera y él se daría cuenta demasiado tarde…

Pasaron los segundos y seguíamos con la mirada fija en la luz del sol, inmóviles.

Entonces, en un movimiento que se antojaba absolutamente esperado y a la vez por completo impensable, Diego abrió la mano con la palma hacia arriba y extendió el brazo en dirección al haz de luz.

Me moví más rápido de lo que siquiera podía pensar, y vaya que pensaba rápido. Más veloz de lo que me había movido jamás.

Arrollé a Diego de espaldas contra el muro de la covacha repleta de tierra antes de que pudiese atravesar ese último centímetro que expondría su piel a la luz.

La cavidad se llenó de un fulgor repentino, y sentí el calor en mi pierna en el preciso momento en que me percaté de que no había espacio suficiente para poder contener a Diego contra la pared sin que alguna parte de mi cuerpo tocara la luz.

—¡Bree! —exclamó en un grito ahogado.

Me aparté de él de manera automática y me revolví para apretarme contra la pared. Duró menos de un segundo, y todo ese tiempo me quedé esperando a que el dolor se apoderara de mí. A que prendieran las llamas y a continuación se extendieran igual que la noche en que la conocí a *ella,* sólo que más rápido. El fogonazo de luz cegadora había desaparecido. De nuevo, sólo quedaba allí la columna de sol.

Dirigí la mirada al rostro de Diego; tenía los ojos como platos y la boca abierta de par en par. Estaba totalmente quieto, señal segura de alarma.

Quería mirarme la pierna, pero me daba miedo ver lo que quedaba; no era como cuando Jen me arrancó el brazo, si bien aquello me dolió más. No iba a ser capaz de curarme esto.

Seguía sin dolerme.

—Bree, ¿has visto *eso?*

Hice un rápido gesto negativo con la cabeza.

—¿Está muy mal?

—¿Mal?

—Mi pierna —dije entre dientes—. Dime sólo cuánta pierna queda.

—A mí me parece que está muy bien.

Bajé la vista rápidamente y, sí, allí estaba mi pie, con mi pantorrilla, justo igual que antes. Moví los dedos de los pies. Perfecto.

—¿Te duele? —me preguntó.

Me incorporé del suelo y me puse de rodillas.

—Todavía no.

—¿Viste lo que pasó? ¿La luz?

Lo negué con la cabeza.

—Observa esto —dijo mientras se arrodillaba de nuevo frente al haz de luz—. Y no me vuelvas a apartar de un empujón. Ya has demostrado tú que estoy en lo cierto —extendió la mano. Quedarse mirando volvía a resultar casi igual de difícil esta vez, aunque mi pierna se sintiera normal.

En el instante en que sus dedos atravesaron el haz de luz, la cueva se llenó con un millón de brillantes reflejos iridiscentes. Había tanta claridad como en un invernadero a mediodía: luz por todas partes. Di un respingo y me estremecí. La luz del sol me envolvía por completo.

—Irreal —susurró Diego. Introdujo el resto de la mano en la luz y la cueva se iluminó aún más. Giró la mano para mirarse el anverso y después la volvió a poner boca arriba. Los reflejos danzaron como si Diego estuviese girando un prisma.

No había ningún olor a quemado, y era patente que no le dolía. Observé su mano más de cerca y me pareció como si tuviese millones de espejos minúsculos sobre la piel —demasiado pequeños para distinguirlos de forma independiente— que reflejaban la luz con el doble de intensidad que un espejo normal.

—Ven aquí, Bree... tienes que probar esto.

No pude pensar en una razón para negarme, y sentía curiosidad, pero aún me sentía reacia al acercarme a su lado.

—¿No quema?

—Nada. La luz no nos quema, sólo... se refleja en nosotros. Me imagino que decir eso es quedarse un poco corto.

Con la lentitud de un humano, renuente, alcancé la luz con los dedos. Mi piel comenzó de inmediato a centellear con los reflejos, y la cavidad se iluminó tanto que el día en el exterior hubiera parecido oscuro en comparación. Sin embargo, no eran exactamente reflejos, porque era luz refractada y de colores, algo más parecido a un cristal. Metí la mano entera y la cavidad se iluminó aún más.

—¿Crees que Riley lo sabe? —susurré.

—Tal vez sí, tal vez no.

—Si lo supiera, ¿por qué no nos lo iba a contar? ¿Qué sentido tendría? Así que somos bolas de discoteca andantes —me encogí de hombros.

Diego se rio.

—Ya veo de dónde provienen las historias. Imagínate que hubieras visto esto en alguien cuando eras humana, ¿no habrías pensado que el individuo se estaba quemando?

—Si no se acercara a charlar conmigo, quizá.

—Esto es increíble —dijo Diego. Con un dedo trazó una línea que atravesaba la resplandeciente palma de mi mano.

Entonces se puso en pie de un salto bajo el haz y la cueva se convirtió en un festival de luz.

—Vamos, salgamos de aquí —estiró los brazos y ascendió por el agujero que había abierto hacia la superficie.

Se podría pensar que debería haber asumido lo que acabábamos de descubrir, pero aún estaba nerviosa al seguirlo. Me mantuve pegada a sus talones, no quería parecer una cobarde total, pero fui todo el camino con el estómago encogido, Riley había sido muy claro en lo de arder al sol, en mi mente eso iba asociado al rato de quemazón tan horrible que pasé al convertirme en vampiro, y no era capaz de escapar al pánico instintivo que se apoderaba de mí cada vez que pensaba en ello.

Diego había salido ya del agujero, y yo me encontré a su lado medio segundo después. Permanecimos de pie en una zona de hierba silvestre, a tan sólo unos pasos de los árboles que cubrían la isla. A nuestra espalda, a un par de metros, había un acantilado bajo y, a continuación, el agua. A nuestro alrededor, todo brillaba en los colores y a la luz que emitíamos.

—Guau —mascullé.

Diego me dedicó una amplia sonrisa cargada con la belleza de su rostro bajo la luz y, de repente, en medio de un profundo vuelco que me dio el estómago, me percaté de que todo eso de los IAE era mucho más que eso. Para mí, al menos. Así de rápido iba.

Se suavizó la amplitud de su sonrisa y se transformó en un rostro amable. Tenía los ojos tan abiertos como yo, todo asombro y luz. Me tocó la cara del mismo modo en que me había tocado la mano, como si estuviera intentando comprender aquel brillo.

—Cuánta belleza —murmuró. Dejó la mano sobre mi mejilla.

No estoy segura de cuánto tiempo nos quedamos allí de pie, sonriendo como dos verdaderos idiotas, refulgiendo como antorchas de cristal. No había barcos en la ensenada, lo cual probablemente fue bueno. No habríamos pasado inadvertidos de ninguna forma, ni siquiera para un humano con los ojos llenos de barro. Tampoco es que hubieran podido hacernos nada, pero no tenía sed, y los gritos me habrían estropeado el buen ánimo.

Una gruesa nube ocultó finalmente al sol y, de pronto, éramos de nuevo nosotros aunque con una ligera luminosidad, si bien no la suficiente para que alguien se percatara con la vista más torpe que la de un vampiro.

En cuanto desapareció el brillo, se me aclararon las ideas y pude pensar en lo que vendría a continuación. No obstante, aunque Diego presentara de nuevo su aspecto normal —no hecho de una luz resplandeciente, al menos—, supe que ante mis ojos no volvería a parecer el mismo. Aquel cosquilleo en la boca del estómago seguía ahí, y me daba la sensación de que podría quedarse de manera permanente.

—¿Se lo contamos a Riley? ¿Decidimos que no lo sepa? —le pregunté.

Diego suspiró y dejó caer la mano.

—No lo sé. Pensemos en ello mientras los rastreamos.

—Vamos a tener que ser cuidadosos al rastrearlos de día. Ya sabes, al parecer se nos nota un poco cuando nos da el sol.

Sonrió.

—Seremos ninjas.

Asentí.

—Club ninja supersecreto suena mucho mejor que el rollo ese de los IAE.

—Muchísimo mejor.

No nos costó más que unos pocos segundos dar con el punto desde donde el grupo completo había abandonado la isla. Ésa era la parte fácil. Dar con el lugar donde habían puesto el pie en la costa continental ya era otro problema muy distinto. Valoramos por un segundo la posibilidad de dividirnos, pero vetamos la idea por unanimidad. Nuestra lógica era realmente sólida —al fin y al cabo, si uno de los dos encontraba algo, ¿cómo se lo iba a contar al otro?—, pero se trataba sobre todo de que no quería alejarme de él, y notaba que él sentía lo mismo. Ambos nos habíamos pasado toda nuestra vida sin ninguna clase de buena compañía, y era algo demasiado agradable como para malgastar ni un solo minuto de ella.

En cuanto a dónde podían haber ido, había demasiadas opciones: al territorio continental de la península o a otra isla, o de regreso a las afueras de Seattle, o al norte, a Canadá. Siempre que demolíamos o quemábamos uno de nuestros refugios, Riley estaba preparado, siempre parecía saber con exactitud dónde nos dirigiríamos a continuación. Debía de tener planes anticipados para estos temas, pero no nos los participaba a ninguno de nosotros.

Podrían estar en cualquier sitio.

Pasamos mucho tiempo sumergiéndonos en el agua y volviendo a la superficie para evitar a los barcos y a la gente, y transcurrió el día sin que tuviéramos suerte, pero a ninguno de los dos nos importó. Lo estábamos pasando mejor que nunca.

Qué día tan extraño. En lugar de sentarme triste en la oscuridad de mi escondite y de tragarme el asco intentando no prestar atención al caos, estaba jugando a los ninjas con mi reciente íntimo amigo, o quizá algo más. Nos reímos mucho al ir recorriendo las sombras y tirándonos piedras el uno al otro como si fueran estrellas con cuchillas.

Entonces se puso el sol y de repente comencé a sentir inquietud. ¿Nos buscaría Riley? ¿Deduciría que nos habíamos carbonizado? ¿Acaso él sabía que eso no era posible?

Comenzamos a movernos a una mayor velocidad. A mucha más velocidad. Ya habíamos recorrido todas las islas cercanas, así que nos concentramos en el territorio continental. Alrededor de una hora después del ocaso, percibí un olor familiar y en cuestión de segundos nos hallamos sobre su pista. Una vez localizada la senda del olor, resultaba tan sencillo como seguir a una manada de elefantes por la nieve recién caída.

Hablamos sobre lo que haríamos, más en serio ahora, sin parar de correr.

—No creo que debamos contárselo a Riley —dije yo—. Digamos que hemos pasado todo el día en tu cueva antes de ir a buscarlos —mi paranoia iba aumentando conforme hablaba—. Mejor aún, contémosles que tu cueva estaba llena de agua y que ni siquiera pudimos hablar.

—Crees que Riley es un mal tipo, ¿verdad? —me preguntó en voz baja pasado un minuto. Mientras hablaba, me tomó de la mano.

—No lo sé, pero prefiero actuar como si lo fuera, por si acaso —vacilé, y entonces añadí—: Tú no quieres creer que sea mala persona.

—No —admitió Diego—. Es algo parecido a un amigo. Es decir, no como lo eres tú —me apretó la mano—, pero más que cualquiera de los demás. No quiero pensar… —no terminó la frase.

Le devolví el apretón en la mano.

—Quizá sea decente. El hecho de que nosotros tengamos cuidado no va a cambiarlo.

—Es verdad. O sea, me refiero a la historia de la cueva submarina. Al menos, al principio… podría hablar con él del tema del sol más adelante. De todas formas preferiría hacerlo durante el día, cuando pueda demostrar lo que afirmo de manera inmediata. Y por si acaso él ya lo sabe pero existe alguna buena razón por la cual nos haya contado otra cosa, se lo diré cuando estemos solos él y yo. Lo abordaré al amanecer, cuando esté de regreso de dondequiera que él se va…

Me percaté de la gran cantidad de primeras personas del singular y no del plural que contenía aquel pequeño discurso de Diego, y eso me preocupó. Aunque al mismo tiempo, yo no quería tener mucho que ver con lo de informar a Riley. No tenía en él la misma fe que Diego.

—¡Ataque ninja al amanecer! —dije para hacerlo reír. Funcionó. Comenzamos de nuevo a hacer chistes mientras rastreábamos a nuestra manada de vampiros, pero podía percatarme de que, detrás de tanta broma, Diego estaba pensando en cosas serias, justo igual que yo.

Y mientras corríamos, lo único que hice fue inquietarme más, porque íbamos a gran velocidad y, aunque no había forma de que hubiéramos seguido el rastro equivocado, ya estábamos tardando demasiado. Nos estábamos alejando mucho de la costa, habíamos ascendido y pasado al otro lado de las montañas cercanas, nos adentrábamos en un nuevo territorio. Aquél no era el patrón habitual.

Todas las casas que habíamos ocupado, ya estuvieran en lo alto de una montaña, en medio de una isla u ocultas en una granja enorme, tenían algunas cosas en común: los propietarios fallecidos, el entorno aislado y otra cosa más. De un modo o de otro, todas se concentraban en torno a Seattle, todas situadas alrededor de la gran ciudad como lunas en órbita. Seattle era siempre el centro, siempre el objetivo.

Ahora nos encontrábamos fuera de órbita, y daba mala espina. Quizá no significara nada, tal vez era tan sólo cuestión de que hoy habían cambiado demasiadas cosas. Todas las verdades que daba por sentadas se habían puesto patas arriba y no estaba de humor para más cataclismos. ¿Por qué no podía Riley haber elegido un sitio normal?

—Resulta curioso que estén tan lejos —murmuró Diego, y pude percibir la tensión en su voz.

—O temible —musité.

Me apretó la mano.

—Está bien. El club ninja puede arreglárselas en cualquier situación.

—¿Tienes ya un saludo secreto?

—Estoy trabajando en ello —me aseguró él.

Algo empezó a incomodarme, como si pudiera sentir un extraño punto ciego: sabía que había algo que no estaba viendo, pero no era capaz de señalarlo con el dedo. Algo obvio...

Y entonces dimos con la casa, a unos cien kilómetros al poniente de nuestro perímetro habitual. Era imposible confundir el ruido, el *bum bum bum* de los graves, la musiquilla de videojuego, los gruñidos. Típico de nuestra gente.

Solté mi mano y Diego me miró.

—Eh, que ni siquiera te conozco —le dije en tono jocoso—. No hemos cruzado ni cuatro palabras por culpa del agua en la que hemos estado metidos todo el día. Hasta donde yo sé, bien podrías ser un ninja o un vampiro.

Sonrió de oreja a oreja.

—Lo mismo te digo, desconocida —y entonces cambió a un tono más bajo y más rápido—. Haz exactamente lo mismo que ayer. Mañana por la noche saldremos juntos. Quizá hagamos algún reconocimiento; averiguaremos más sobre lo que está pasando.

—Suena como si fuera un plan. Quedará entre tú y yo.

Se inclinó hacia mí y me besó… apenas un toque, pero en los labios. El sobresalto ante aquello me recorrió todo el cuerpo como un latigazo. Y entonces dijo:

—Manos a la obra.

Y descendió por la falda de la montaña camino del origen del ruido estridente sin volver la vista atrás. Ya estaba interpretando el papel.

Un poco aturdida, seguí sus pasos a unos metros de distancia, sin olvidarme de mantener entre nosotros el mismo espacio de separación que dejaría respecto de cualquier otro.

La casa era del estilo de una gran cabaña de troncos de madera, arropada por pinos en una depresión del terreno y sin rastro de vecinos en kilómetros a la redonda. Las ventanas estaban a oscuras, como si la casa se hallara vacía, pero la estructura entera temblaba a causa de los potentes graves que provenían del sótano.

Diego entró por delante, y yo intenté moverme detrás de él como si se tratara de Kevin o de Raoul, titubeante, guardando la distancia de seguridad. Encontró las escaleras y descendió a la carga con paso firme.

—¿Intentaban dejarme atrás, bola de fracasados? —preguntó.

—Eh, miren, Diego está vivo —oí responder a Kevin con una patente falta de entusiasmo.

—Y no gracias a ustedes —dijo Diego mientras yo me colaba en el oscuro sótano.

La única luz provenía de las diversas pantallas de televisión, pero aun así era mucho más de lo que cualquiera de nosotros necesitaba. Me apresuré a llegar hasta el fondo, donde Fred disfrutaba de todo un sofá para él solo, y me alegré de que fuera normal para mí el parecer inquieta, ya que no había forma de ocultarlo. Di un gran trago de saliva cuando me golpeó la repulsión y me hice un ovillo en mi sitio habitual, en el suelo, detrás del sofá. Una vez allí tirada pareció que la fuerza repelente de Fred se debilitaba un poco. O quizá sólo era que me estaba acostumbrando a ella.

El sótano se encontraba más que medio vacío, ya que estábamos en plena noche, y todos los chicos que había allí lucían unos ojos iguales que los míos: de color rojo brillante, recién alimentados.

—Me llevó un rato arreglar tu estúpido desastre —le dijo Diego a Kevin—. Para cuando llegué a lo que quedaba de la casa, ya casi había amanecido. Tuve que pasar todo el día sentado en una cueva llena de agua.

—Y a mí qué. Ve a decírselo a Riley.

—Veo que la cría también ha conseguido llegar —dijo una voz nueva, y me estremecí porque era la de Raoul. Sentí un ligero alivio por que no supiese mi nombre, pero por encima de ninguna otra cosa me horrorizó que hubiese siquiera reparado en mí.

—Sí, me siguió —no podía ver a Diego, pero estaba segura de que su expresión era de indiferencia.

—Qué día más heroico el tuyo, ¿eh? —dijo Raoul con insidia.

—No nos dan puntos extras por ser imbéciles.

Recé para que Diego no se enfrentara a Raoul. Esperaba que Riley regresara pronto, sólo él podía refrenar a Raoul un poco.

Pero Riley probablemente se encontrara cazando jóvenes de barrio bajo para llevárselos a *ella*. O dedicándose a lo que fuese que hiciera cuando salía.

—Interesante pose la tuya, Diego. Crees que le caes tan bien a Riley como para que le importe si yo te mato. Yo creo que te equivocas. De cualquier modo, en lo que a esta noche se refiere, él ya cree que estás muerto.

Pude oír que los demás se movían. Algunos probablemente para respaldar a Raoul, otros sólo para quitarse de en medio. Titubeé en mi escondite, consciente de que no iba a dejar que Diego se enfrentara a ellos solo, pero preocupada por estropear nuestro refugio si es que se llegaba a ese punto. Tuve la esperanza de que Diego hubiera sobrevivido tanto tiempo por poseer algún tipo de habilidad bestial en el combate. No es que yo fuera a poder ofrecerle mucho en ese aspecto. Allí había tres miembros del grupo de Raoul y algunos otros que podrían ayudarlo tan sólo por ganarse su simpatía. ¿Regresaría Riley a casa antes de que les diera tiempo de quemarnos?

Cuando Diego le respondió, en su voz había calma.

—¿Tanto miedo tienes de enfrentarte conmigo a solas? Típico.

Raoul resopló.

—¿Ha funcionado eso alguna vez? Quiero decir, sin contar las películas. ¿Por qué habría de enfrentarme contigo a solas? No me preocupa en lo más mínimo quedar por encima de ti. Lo que quiero es acabar contigo.

Cambié de postura, y me giré para ponerme en cuclillas, en tensión para saltar.

Raoul seguía hablando. Le gustaba mucho el sonido de su voz.

—Aunque para ocuparnos de ti, no va a ser necesario que participemos todos. Esos dos se ocuparán de la otra prueba de tu desafortunada supervivencia, la pequeña como-se-llame.

Sentí que se me helaba el cuerpo, congelado, como una piedra. Intenté sacudirme la sensación para poder darlo todo en la pelea. No es que eso pudiera cambiar algo.

Y entonces sentí algo más, algo totalmente inesperado: una ola de repulsión tan inaguantable que no pude mantenerme en cuclillas, me derrumbé al suelo jadeando horrorizada.

No fui la única que reaccionó. Oí los gruñidos de asco y las arcadas que provenían de las cuatro esquinas del sótano. Algunos se fueron retirando hasta el fondo de la habitación, donde pude verlos. Luchaban en tensión contra las paredes y estiraban el cuello para apartarlo, como si así pudieran escapar de aquella sensación horrible. Al menos, uno de ellos era del grupo de Raoul.

Oí el inconfundible gruñido de Raoul, y a continuación se esfumó a toda prisa escaleras arriba. No fue el único que salió corriendo de allí. Se largaron más o menos la mitad de los vampiros que había en el sótano.

Yo no tuve esa opción. Apenas era capaz de moverme, y entonces caí en la cuenta de que había de ser por hallarme tan cerca de Fred *el freaky*. Él era el responsable de lo que estaba pasando y, por muy horrible que me sintiera, aún era capaz de percatarme de que probablemente me acababa de salvar la vida.

¿Por qué?

La sensación de asco desapareció poco a poco. En cuanto pude, me agarré al sofá, me incorporé hasta el borde y observé con detenimiento las consecuencias. Todo el grupo de Raoul había desaparecido, pero Diego aún seguía allí, en el extremo opuesto de la gran estancia, junto a la televisión. Los vampiros que quedaban iban poco a poco relajándose, si bien todo el mundo tenía aspecto de estar aturdido. La mayoría de los que estaban ahí lanzaba miradas cautelosas a Fred. Yo también lo miré, desde su nuca, aunque no pude ver nada. Aparté los ojos de él en seguida, mirarlo reanudaba en parte las náuseas.

—Calma.

La voz profunda provenía de Fred. Jamás lo había oído hablar. Todos lo miraron fijamente y de inmediato apartaron la vista por el retorno de la repulsión.

Así que lo que Fred quería era su paz y su tranquilidad. Muy bien, qué más daba, yo seguía viva gracias a eso. Muy probablemente, Raoul se vería distraído por cualquier otra molestia antes del amanecer y descargaría su ira contra quien pasara por allí. Y Riley siempre regresaba al final de la noche; se enteraría entonces de que Diego había estado metido en su cueva y no al aire libre, que no había sido víctima del sol, y así Raoul no dispondría de una excusa para atacarlo a él, o a mí.

Por lo menos, ésa era la situación, en el mejor de los casos. Mientras tanto, quizá a Diego y a mí se nos podía ocurrir algún plan para evitar a Raoul.

De nuevo tuve la fugaz sensación de que estaba pasando por alto una solución obvia y, antes de poder discernirla, mis pensamientos se vieron interrumpidos.

—Lo siento.

Aquel mascullar profundo, casi silencioso, sólo podía provenir de Fred. Era como si yo fuera la única que estuviera lo bastante cerca como para llegar a oírlo de verdad. ¿Estaba hablando conmigo?

Lo volví a mirar y no sentí nada. No podía verle la cara, aún me daba la espalda. Tenía el pelo rubio, ondulado y abundante. Nunca había reparado en ello, a pesar de la cantidad de días que había pasado escondida a su sombra. Riley dijo la verdad cuando indicó que Fred era especial; repulsivo, pero especial de veras. ¿Se había imaginado Riley que Fred fuera tan… tan poderoso? Fue capaz de arrasar en un segundo una habitación entera de vampiros.

Aunque no podía ver la expresión de su rostro, me daba la sensación de que Fred aguardaba una respuesta.

—Mmm, no te disculpes —suspiré prácticamente sin hacer ruido—. Gracias.

Fred se encogió de hombros.

Y me encontré entonces con que no pude seguir mirándolo.

Las horas pasaron más lentas de lo normal mientras esperaba que Raoul volviera a aparecer. De vez en cuando intentaba mirar de nuevo a Fred —ver algo más allá de la protección que había creado para sí—, pero siempre me veía repelida. Si lo intentaba con demasiadas fuerzas, acababa con náuseas.

Pensar en Fred resultó ser una buena distracción para no pensar en Diego. Cuando él se hallaba en la habitación, intentaba fingir que me daba igual. No miraba a Fred, pero me concentraba en el sonido de su respiración —su inconfundible ritmo— para controlarme. Se sentó en el extremo de la habitación opuesto al mío a escuchar sus CD en una computadora portátil. O quizá fingía escuchar música, igual que yo fingía leer los libros de la mochila empapada que llevaba a la espalda. Pasaba las páginas a mi ritmo habitual, pero no prestaba atención a nada, estaba esperando a Raoul.

Afortunadamente, Riley llegó antes. Raoul y su cohorte se encontraban justo detrás de él, si bien no tan alborotadores y odiosos como de costumbre. Quizá Fred les hubiera enseñado a mostrar un poco de respeto.

Aunque era posible que no, lo más factible era que Fred los hubiera puesto de mal humor. Esperaba con verdadero deseo que Fred nunca bajara la guardia.

Riley se fue directo hacia Diego; yo escuché todo, dándoles la espalda con los ojos clavados en mi libro. Con mi visión periférica distinguí a varios de los idiotas de Raoul deambular buscando sus videojuegos favoritos o lo que fuera que estuvieran haciendo antes de que Fred los echara de allí. Kevin era uno de ellos, pero parecía estar buscando algo más específico que un pasatiempo. Sus ojos intentaron varias veces centrarse en el lugar donde yo me encontraba, pero el aura de Fred lo mantuvo a raya. Dejó de hacerlo tras unos minutos, con aspecto de estar un poco mareado.

—Me dijeron que lograste volver —dijo Riley con una voz que sonaba a agrado sincero—. Siempre puedo contar contigo, Diego.

—Sin problema ninguno —dijo Diego en tono relajado—. A no ser que me quites puntos por aguantar la respiración un día entero.

Riley se rio.

—No apures tanto la próxima vez. Hay que dar ejemplo a los pequeños.

Diego se rio con él, sin más. Me pareció ver con el rabillo del ojo que Kevin se había relajado un poco. ¿Tan preocupado estaba por la posibilidad de que Diego lo metiera en problemas? Tal vez Riley escuchara más a Diego de lo que yo había creído ver. Me pregunté si ésa era la razón por la cual Raoul se había desquiciado antes.

¿Se trataba de algo bueno, al fin y al cabo, si es que Diego estaba tan próximo a Riley? Quizá Riley fuera buena gente. Aquella relación no comprometía lo que teníamos nosotros, ¿no?

El tiempo no pasó más rápido en absoluto cuando salió el sol. El sótano estaba atestado y el ambiente era inestable, como todos los días. Si los vampiros pudieran quedarse roncos, Riley habría perdido por completo la voz de tanto gritar. Un par de chicos perdieron algún miembro de forma temporal, pero no se prendió fuego a nadie. La música entabló una batalla con la banda sonora de los juegos, y yo me alegré de no sufrir dolores de cabeza. Intenté leer mis libros, pero acabé pasando las páginas de uno detrás de otro sin preocuparme demasiado por forzar la vista para que se centrara en las palabras. Los dejé en un extremo del sofá, en una pila ordenada para Fred. Siempre le dejaba mis libros, aunque nunca pudiera saber si los leía. No tenía la posibilidad de mirarlo con la suficiente atención para ver, con exactitud, lo que hacía él con su tiempo.

Al menos Raoul nunca miraba en mi dirección. Ni tampoco Kevin o alguno de los otros. Mi escondite era tan eficaz como siempre. No podía ver si Diego estaba siendo lo bastante inteligente como para ignorarme, porque yo sí lo estaba ignorando a él por completo. Nadie hubiera podido sospechar que formábamos un equipo, excepto Fred, tal vez. ¿Se había dado cuenta Fred de que yo me preparaba para pelear junto a Diego? Aunque lo hubiera hecho, no me preocupaba demasiado el tema. De haber tenido Fred alguna mala intención en particular respecto a mí, me podía haber dejado morir anoche. Habría sido sencillo.

A medida que el sol descendía, el bullicio ascendía. Allí, bajo tierra y con todas las ventanas tapadas por si acaso, no podíamos ver cómo la luz se desvanecía, sin embargo, haber pasado tantos interminables días esperando daba una idea bastante acertada de cuándo se terminaban éstos. Los chicos empezaban a agitarse e importunaban a Riley preguntándole si podían salir.

—Kristie, tú ya saliste anoche —dijo Riley, y en su voz se podía notar cómo se le agotaba la paciencia—. Heather, Jim, Logan: adelante. Warren, tienes los ojos oscuros, ve con ellos. Eh, Sara, no estoy ciego, vuelve aquí.

Los chicos que dejó en tierra se enfurruñaron en las esquinas, algunos de ellos a la espera de que Riley se marchara para poder escaparse a pesar de las normas que había establecido.

—Mmm, Fred, debe de ser ya tu turno —dijo Riley sin mirar en nuestra dirección. Oí cómo suspiraba Fred al tiempo que se ponía en pie. Todo el mundo se iba encogiendo en actitud servil conforme Fred avanzaba hacia el centro de la sala, incluso Riley, pero al contrario que los demás, Riley esbozaba una leve sonrisa para sí. Le gustaba su vampiro con habilidades especiales.

Me sentí desnuda sin Fred. Ahora cualquiera se podía fijar en mí. Me quedé absolutamente quieta, con la cabeza baja, haciendo todo lo que estaba en mi mano por no atraer la atención sobre mi persona.

Afortunadamente para mí, Riley tenía prisa esa noche. Apenas se detuvo a fulminar con la mirada a los que de un modo muy claro iban aproximándose poco a poco a la puerta, y no digamos ya a amenazarlos, mientras él mismo se dirigía al exterior. Normalmente nos obsequiaba con alguna variante de su habitual discurso acerca de pasar inadvertidos, pero esa noche no. Parecía preocupado, inquieto. Me la hubiera jugado a que iba a verla a *ella,* y eso hacía que no me emocionara tanto la idea de reunirnos con él al amanecer.

Aguardé a que Kristie y otros tres de sus compañeros habituales se dirigieran al exterior, y me escabullí detrás de ellos en un intento por parecer un miembro de su séquito pero sin molestarlos. No miré a Raoul, no miré a Diego. Me concentré en parecer intrascendente, que nadie reparara en mí. Una vampira cualquiera.

Una vez fuera de la casa, me separé inmediatamente de Kristie y me apresuré a adentrarme en el bosque con la esperanza de que sólo Diego se molestara en seguir mi olor. A la mitad de la ascensión por la ladera de la montaña más cercana, me encaramé en las ramas más altas de un gran abeto que rebasaba varios metros a sus vecinos. Me ofrecía una visión bastante buena de quienquiera que intentara rastrearme.

Resultó que estaba siendo demasiado cautelosa. Tal vez me había pasado todo el día siéndolo. Diego fue el único que vino a buscarme. Lo vi en la distancia y desanduve mis pasos para encontrarme con él.

—Qué día más largo —dijo mientras me abrazaba—. Tu plan es difícil.

Le correspondí en el abrazo y me maravillé ante lo agradable que era.

—Quizá me esté comportando como una paranoica.

—Siento lo de Raoul. Estuvo cerca.

Hice un gesto de asentimiento.

—Qué bien que Fred dé tanto asco.

—Me pregunto si Riley es consciente de la fuerza que tiene ese chico.

—Lo dudo. Nunca lo había visto hacer *eso* antes, y he pasado mucho tiempo cerca de él.

—Bueno, eso es problema de Fred *el freaky*. Nosotros ya tenemos nuestro propio secreto que contarle a Riley.

Sentí un escalofrío.

—Todavía no estoy segura de que sea una buena idea.

—No lo sabremos hasta que veamos cómo reacciona.

—Por lo general, no me gusta nada no saber las cosas.

Diego entrecerró los ojos en un gesto especulativo.

—¿Qué opinión tienes de ir a la aventura?

—Depende.

—Bueno, estaba pensando en las prioridades del club. Ya sabes, sobre lo de averiguar tanto como nos sea posible.

—¿Y…?

—Creo que deberíamos seguir a Riley, averiguar qué está haciendo.

Lo miré fijamente.

—Pero sabrá que lo hemos seguido. Percibirá nuestros olores.

—Ya lo sé. Así es como yo lo veo: yo sigo su rastro; tú te alejas a unos cientos de metros de distancia y sigues el ruido que yo haga. Entonces Riley sólo sabrá que yo lo he seguido, y le puedo contar que es porque tengo algo importante que compartir con él. Ahí es cuando yo le descubro el gran pastel con el efecto de la bola de discoteca. Y veré lo que dice —sus ojos se iban entrecerrando mientras me examinaba—. Pero tú… tú no sueltes prenda por ahora, ¿de acuerdo? Yo te contaré si captó bien el tema.

—¿Y si vuelve temprano de dondequiera que esté yendo? ¿No querías que fuese próximo al amanecer para poder mostrarle el brillo?

—Sí… ése es un posible inconveniente, sin duda, y puede afectar al desarrollo de la conversación. Pero creo que deberíamos arriesgarnos. Parecía como si esta noche tuviera prisa, ¿no crees? Como si necesitara toda la noche para lo que sea que esté haciendo.

—Tal vez. O quizá tuviera muchísima prisa por ir a verla a *ella*. Ya sabes, podríamos no querer darle ninguna sorpresa a Riley si es que ella anda cerca —ambos hicimos un gesto de dolor.

—Cierto. Aun así… —arrugó la frente—. ¿No te da la sensación de que lo que sea que se esté cocinando es algo inminente? ¡Como si no contáramos con toda la eternidad para averiguarlo!

Asentí con tristeza.

—Sí, así es.

—Aprovechemos, pues, nuestras oportunidades. Riley confía en mí, y yo tengo un buen motivo para querer hablar con él.

Pensé en su estrategia. Aunque sólo lo conocía de un día, en realidad, era consciente de que aquel nivel de paranoia no resultaba típico de Diego.

—Este enrevesado plan tuyo… —dije.

—¿Qué le pasa? —me preguntó.

—Suena a una especie de plan en solitario, no tanto a la aventura de un club; al menos, en lo que a la parte peligrosa se refiere.

Su cara adoptó una expresión que me indicaba que lo había sorprendido.

—Mi idea es ésta: es en mí en quien… —vaciló, con algún problema con la siguiente palabra— confía Riley. Yo soy el único que se va a arriesgar a caer en desgracia con él si es que me equivoco.

Miedosa como era, aquello no me convencía para nada.

—Los clubes no funcionan así.

Asintió con una expresión nada clara.

—Muy bien, lo pensamos de camino —no creí que quisiera decir eso realmente—. Quédate en los árboles, sigue mi rastro desde arriba, ¿te parece? —concluyó.

—Está bien.

Se encaminó de vuelta a la cabaña a gran velocidad. Lo seguí por entre las ramas, la mayoría de ellas tan juntas unas de otras que rara vez me hizo falta realmente saltar de un árbol a otro. Reduje al máximo la brusquedad de mis movimientos con la esperanza de que las ramas, al ceder bajo mi peso, parecieran movidas por el viento. Era una noche de brisa, lo cual ayudaría. Para ser verano, hacía frío, pero tampoco es que me importara la temperatura.

Diego captó el rastro de Riley en el exterior de la casa sin mayores problemas y a continuación salió tras él en un trote rápido, mientras que yo avanzaba unos cuantos metros por detrás y a unos cien metros al norte, en una parte más elevada de la pendiente. Cuando el follaje era realmente espeso, de vez en cuando y de forma leve él frotaba el tronco de un árbol para que yo no lo perdiera.

Seguimos adelante, él corriendo y yo como la personificación de una ardilla voladora, sólo durante quince minutos, más o menos, antes de que viera a Diego aminorar la marcha. Debíamos de estar acercándonos. Me desplacé a una zona más alta de las ramas, en busca de un árbol con una buena vista. Escalé a uno que se alzaba sobre los de su alrededor, y escruté la escena.

Había un enorme claro entre los árboles a menos de un kilómetro de distancia, un campo abierto que cubría una extensión de más de una hectárea. Cerca del centro del claro, en el lado más próximo a los árboles de la zona oriental, se emplazaba lo que parecía una casita de caramelo agigantada. Estaba pintada de color rosa brillante, verde y blanco; tenía un aspecto recargado hasta el punto de llegar a la ridiculez, con unos adornos y florones muy elaborados en cada arista imaginable. Era una de esas cosas de las que me habría reído en una situación más relajada.

No se veía a Riley por ninguna parte, pero, allá abajo, Diego se había detenido, por lo que supuse que aquél era el punto final de nuestra persecución. Tal vez se tratara de la casa de repuesto que Riley estaba preparando para cuando la gran cabaña de troncos se viniera abajo, sólo que era más pequeña que cualquiera de las otras casas en donde nos habíamos quedado, y no parecía contar con un sótano. Además, se encontraba mucho más lejos aún de Seattle que la última.

Diego levantó la vista hacia mí, y le hice una señal para que se me uniera. Asintió y desanduvo parte de su camino. Dio entonces un enorme salto —me pregunté si yo habría sido capaz de llegar tan alto incluso siendo joven y fuerte como era— y se agarró a una rama a media altura del árbol más cercano. A menos que alguien hubiera estado extraordinariamente atento, nadie habría reparado en que Diego se desvió de su senda. Aun más, fue saltando por las copas de los árboles para asegurarse de que su rastro no conducía directamente al mío.

Cuando por fin decidió que ya era seguro unirse a mí, de inmediato me tomó de la mano. En silencio, hice un gesto con la cabeza en dirección a la casa de caramelo. Él contrajo una de las comisuras de sus labios.

De forma simultánea, comenzamos a desplazarnos lentamente hacia el costado oriental de la casa, manteniéndonos en lo alto de los árboles. Nos acercamos tanto como nos atrevimos —dejamos algunos árboles entre la casa y nosotros, para que nos cubrieran— y nos quedamos allí sentados, en silencio, escuchando.

La brisa colaboró amainando un poco, y pudimos oír algo: el extraño sonido de "tac tac" y unos roces. Al principio no reconocí lo que estaba oyendo, pero entonces Diego esbozó otra leve sonrisa, frunció los labios y me lanzó un beso silencioso.

En el caso de los vampiros, los besos no sonaban igual que los de los humanos. Nada de células esponjosas, blandas, repletas de líquido, que se apretujan unas contra otras. Labios pétreos tan sólo, sin elasticidad. Ya había oído antes el sonido de un beso entre vampiros —el roce de los labios de Diego sobre los míos anoche—, pero yo jamás lo habría relacionado. Era algo demasiado alejado de lo que esperaba encontrarme allí.

Este descubrimiento le dio la vuelta a todo lo que tenía en la cabeza. Había dado por hecho que Riley iba a verla a *ella,* ya fuera para recibir instrucciones o para llevarle nuevos reclutas, eso no lo sabía. Pero jamás me había imaginado tropezarme con aquel... nidito de amor. ¿Cómo es que Riley era capaz de besarla, a *ella*? Me estremecí y miré a Diego, que también parecía ligeramente horrorizado, aunque sólo se encogió de hombros.

Mis pensamientos regresaron a aquella última noche de humanidad, y me convulsioné al ir recordando el ardor tan vívido. Intenté atravesar toda esa falta de nitidez y recuperar en mi mente los momentos que ocurrieron justamente antes de aquello... Primero, ese acuciante temor que se formó cuando Riley detuvo el coche frente a la casa oscura. La sensación de seguridad que me había dado aquel pedazo de hamburguesa se había esfumado por completo. No sabía qué hacer, me apartaba poco a poco; de pronto me agarró del brazo con una fuerza férrea y me sacó del coche de un tirón, como si fuera una muñeca, ingrávida. El terror y la incredulidad que sentí cuando se plantó frente a la puerta en un salto de diez metros. El terror y el dolor que ya no dejaban espacio a la incredulidad cuando me fracturó el brazo a tirones, al hacerme atravesar la puerta para adentrarnos en la oscuridad de la casa. Y entonces aquella voz.

Pude oírla de nuevo al concentrarme en el recuerdo. Aguda y cantarina, como la de una niña pequeña, pero protestona. Una chiquilla con una pataleta.

Recordé lo que dijo:

—¿Y ésta? ¿Por qué la trajiste? Es demasiado pequeña —o algo parecido a eso, pensé. Aquéllas podían no ser las palabras exactas, pero sí el sentido.

Estaba segura de que Riley había sonado deseoso de complacerla con su respuesta, con miedo de decepcionarla.

—Pero es otro cuerpo más. Otra distracción, al menos.

Creo que entonces gimoteé, y él me sacudió de un modo doloroso, pero no me había vuelto a hablar. Como si yo fuera un perro, no una persona.

—Toda esta noche ha sido un desperdicio —se había quejado la voz aniñada—. Los maté a todos. ¡Ah!

Recordé que en ese momento la casa se estremeció, como si un coche hubiese chocado contra su estructura. Ahora me daba cuenta de que, probablemente, ella había pateado algo llena de frustración.

—Muy bien. Supongo que incluso una pequeña es mejor que nada, si esto es todo lo que eres capaz de hacer. Y ya estoy tan llena que debería poder parar.

La fuerza de los dedos de Riley desapareció y me dejó a solas con la voz, en ese instante estaba demasiado aterrorizada como para emitir sonido alguno. Me limité a cerrar los ojos, aunque ya estaba totalmente a ciegas en la oscuridad. No grité hasta que algo me cortó en el cuello, me quemó como una cuchilla bañada en ácido.

Me encogí con aquel recuerdo e hice un esfuerzo para desterrar la siguiente escena de mi mente. En su lugar, intenté concentrarme en aquella breve conversación. *Ella* no sonaba como si estuviera hablando con su amante o incluso con un amigo. Más bien como si estuviera dirigiéndose a un subordinado, uno que no le cayera especialmente bien y a quien podría despedir pronto.

No obstante, el extraño sonido del besuqueo de los vampiros proseguía. Alguien dejó escapar un suspiro de satisfacción.

Miré a Diego con el ceño fruncido. Aquel intercambio no nos decía mucho. ¿Cuánto tiempo teníamos que quedarnos?

Él continuaba con la cabeza ladeada, escuchando con atención.

Y tras unos cuantos minutos más de paciencia, los sonidos románticos, apagados, se interrumpieron de golpe.

—¿Cuántos?

La voz sonaba amortiguada por la distancia, pero aún era clara. Y reconocible. Aguda, casi un trino, como una niña consentida.

—Veintidós —respondió Riley, que sonaba orgulloso.

Diego y yo intercambiamos una mirada brusca. Nosotros éramos veintidós, al menos en el último recuento. Debían de estar hablando sobre nosotros.

—Creía que había perdido a otros dos por culpa del sol, pero uno de mis chicos mayores es... obediente —prosiguió Riley. Había en su voz un tono casi afectuoso cuando habló de Diego como de uno de sus *chicos*—. Tiene un refugio subterráneo: se escondió allí con la otra más joven.

—¿Estás seguro?

Se produjo una larga pausa, sin sonidos románticos esta vez. Aun en la distancia, pensé que podía sentir cierta tensión.

—Claro. Es un buen chico, estoy seguro.

Otra pausa tensa. No entendí aquella pregunta. ¿Qué quería decir con "estás seguro"? ¿Pensaba ella que Riley se había enterado de la historia a través de alguien más en lugar de haber visto a Diego con sus propios ojos?

—Veintidós está bien —musitó ella, y la tensión pareció relajarse—. ¿Cómo se están comportando? Algunos tienen ya casi un año. ¿Siguen aún los patrones normales?

—Sí —dijo Riley—. Todo lo que me dijiste que hiciera funciona a la perfección. No piensan, se limitan a hacer lo que han hecho siempre. Y los puedo distraer con la sed en cualquier momento. Eso los mantiene bajo control.

Volví a mirar a Diego con el ceño fruncido. Riley no quería que pensáramos. ¿Por qué?

—Qué bien lo has hecho —lo arrulló nuestra creadora, y entonces se oyó otro beso—. ¡Veintidós!

—¿Ha llegado la hora? —preguntó Riley, ansioso.

Su respuesta se produjo de inmediato, como una bofetada.

—¡No! Aún no he decidido cuándo.

—No lo entiendo.

—Ni falta que hace. Te basta con saber que nuestros enemigos poseen grandes poderes. Cualquier precaución es poca —su voz se suavizó y se tornó dulzona otra vez—. Pero bueno, tenemos a veintidós aún vivos, nada más y nada menos. Ni siquiera con lo que *ellos* son capaces de hacer... ¿De qué les va a servir contra veintidós? —dejó escapar el tintineo de una leve risa.

Diego y yo no habíamos dejado de mirarnos durante todo aquello, y en sus ojos podía ver que estaba pensando lo mismo que yo. Sí, nos habían creado con una finalidad, como habíamos supuesto. Teníamos un enemigo, o más bien, nuestra creadora tenía un enemigo. ¿Importaba acaso el matiz?

—Decisión, decisión —mascullaba—. Todavía no. Tal vez un grupo más, sólo para asegurarnos.

—Traer más podría provocar que nuestro número en realidad descendiera —advirtió Riley titubeante, como si anduviera con cuidado para no contrariarla—. La situación siempre se vuelve inestable cuando introducimos un grupo nuevo.

—Cierto —admitió ella, y yo me imaginé a Riley en un suspiro de alivio al ver que no se había enfadado.

Bruscamente, Diego dejó de mirarme y clavó los ojos más allá de la pradera. Yo no había oído ningún movimiento procedente de la casa, pero quizá ella había salido. Mi cabeza giraba con espasmos al tiempo que el resto de mi ser se convertía en una estatua, entonces vi lo que había alertado a Diego.

Cuatro siluetas cruzaban el espacio abierto en dirección a la casa. Se habían adentrado en el claro desde el poniente, el punto más lejano a donde nos ocultábamos nosotros. Todos ellos vestían unas largas capas oscuras con grandes capuchas, así que en un principio pensé que eran humanos. Gente rara, pero humanos al fin y al cabo, porque ninguno de los vampiros que yo conocía vestía ropa gótica y que hiciera juego. Y ninguno se desplazaba de un modo tan suave, controlado y... elegante. Pero entonces me percaté de que ninguno de los humanos que jamás había conocido era capaz de moverse así, es más, tampoco lo podía hacer de una forma tan silenciosa. Las oscuras túnicas se deslizaron por la hierba en un silencio absoluto. De manera que, o eran vampiros, o bien eran cualquier otra cosa sobrenatural. Fantasmas, quizá. Pero si eran vampiros, se trataba de unos vampiros para mí desconocidos, y eso significaba que bien podrían ser ellos los enemigos de quien *ella* hablaba. De ser así, teníamos que salir a toda prisa de allí *a la de ya,* porque no contábamos con otros veinte vampiros de nuestro lado en aquel preciso instante.

Estuve a punto de largarme en ese momento, pero temía sobremanera atraer la atención de las siluetas encapuchadas.

Observé por tanto cómo lentamente avanzaban y reparé en otras cosas acerca de ellos: cómo permanecían en una perfecta formación en rombo que no se desviaba en lo más mínimo sin importar los cambios en el terreno bajo sus pies; cómo el de la punta del rombo era mucho más pequeño que los demás, y su túnica era también más oscura. Cómo aparentaban no ir rastreando su recorrido, no intentaban seguir el rastro de ningún olor. Simplemente, sabían cómo llegar. Quizá los habían invitado.

Se desplazaron directo hacia la casa y, cuando comenzaron a subir en silencio los escalones de acceso a la puerta principal, sentí que podría ser seguro reanudar la respiración. Al menos, no venían por Diego ni por mí. Cuando se hallaran fuera del alcance de nuestra vista, podríamos desaparecer con el sonido del siguiente soplo de brisa entre los árboles, y nunca sabrían que habíamos estado allí.

Miré a Diego y moví ligeramente la cabeza en la dirección por la que habíamos venido. Él entrecerró los ojos y levantó un dedo. Ah, genial, quería quedarse. Le puse los ojos en blanco y me sorprendí de ser aún capaz de llegar al sarcasmo a pesar del miedo que tenía.

Ambos volvimos a observar la casa. Los encapuchados habían entrado sin hacer ruido, pero me di cuenta de que ni *ella* ni Riley habían hablado desde que avistamos a los visitantes. Tenían que haber oído algo o haber sabido de algún otro modo que se hallaban en peligro.

—No se tomen la molestia —ordenó con dejadez una voz monótona y muy clara. No era tan aguda como la de nuestra creadora, pero a mis oídos seguía sonando femenina—. Creo que saben quiénes somos, de manera que serán conscientes de que carece de todo sentido intentar sorprendernos. U ocultarse de nosotros. O enfrentarse a nosotros. O huir.

Una risotada profunda, masculina, que no pertenecía a Riley, resonó amenazadora por toda la casa.

—Relájense —indicó la primera voz carente de inflexión de la chica encapuchada. Su voz poseía el inconfundible timbre que me aseguraba su condición de vampiro, no de fantasma ni de cualquier otra pesadilla—. No venimos a destruirlos. Aún.

Se produjo un instante de silencio y, a continuación, una serie de movimientos apenas audibles. Un cambio de posiciones.

—Si no han venido a matarnos, entonces… ¿a qué? —preguntó nuestra creadora, tensa y estridente.

—Deseamos conocer sus intenciones. Más concretamente, si incluyen… a cierto clan local —explicó la chica encapuchada—. Nos preguntamos si tienen alguna relación con el caos que han creado aquí. Creado *ilegalmente*.

Diego y yo fruncimos el ceño al mismo tiempo. Nada de aquello tenía sentido, pero la última parte era la más extraña. ¿Qué podría ser ilegal para los vampiros? ¿Qué policía, qué juez, qué cárcel podría tener poder sobre nosotros?

—Sí —siseó nuestra creadora—. Mis planes *consisten* en ellos, pero no nos podemos mover aún, es complicado —un cierto dejo petulante se apoderó de su voz al final.

—Créeme, conocemos las dificultades mejor que tú. Resulta notable que hayan conseguido mantenerse tanto tiempo fuera del alcance del radar, por así decirlo. Y dime —una brizna de interés tiñó su monotonía—, ¿cómo lo están logrando?

Nuestra creadora titubeó y arrancó a hablar de forma apresurada. Casi como si se hubiera producido alguna clase de intimidación silenciosa.

—No he tomado la decisión —soltó *ella*. Luego añadió con más lentitud, de un modo involuntario— de atacar. No he decidido *hacer* nada con ellos.

—Burdo, pero efectivo —dijo la chica encapuchada—. Desafortunadamente, su periodo de reflexión ha llegado a su fin. Debes decidir, *ahora*, qué vas a hacer con tu pequeño ejército —los ojos de Diego y los míos se abrieron de par en par ante aquel término—. De otro modo, será nuestra obligación castigarlos como exige la ley. Este aplazamiento, si bien breve, me atribula. No es nuestra costumbre. Te sugiero que nos ofrezcan cuanta tranquilidad esté en sus manos... pronto.

—¡Iremos ahora mismo! —se ofreció Riley ansioso, y se produjo un nítido siseo.

—Iremos lo antes posible —corrigió furiosa nuestra creadora—. Hay mucho que hacer. Entiendo que desean nuestro éxito, ¿no? Necesitaré entonces algo de tiempo para entrenarlos, instruirlos, ¡nutrirlos!

Hubo una breve pausa.

—Cinco días. A continuación vendremos por ustedes, y no hay piedra bajo la cual puedan ocultarse ni velocidad a la que sean capaces de volar y que los salve. Si para el momento en que vengamos no han lanzado su ataque, arderán —dijo esto sin más amenaza que la absoluta certeza.

—¿Y si *ya* hubiera lanzado mi ataque? —preguntó nuestra creadora, impresionada.

—Ya veremos —respondió la chica encapuchada con una voz más animada que hasta entonces—. Supongo que todo depende del éxito que obtengan. Esfuérzate en complacernos —dio aquella última orden en un tono plano, duro, que me hizo sentir un extraño escalofrío en lo más hondo de mi cuerpo.

—Sí —gruñó nuestra creadora.

—Sí —repitió Riley en un susurro.

Un segundo más tarde, los vampiros de las túnicas salían de la casa sin ruido alguno. Ni Diego ni yo respiramos siquiera hasta pasados cinco minutos de su desaparición. En el interior de la casa, nuestra creadora y Riley estaban igual de callados. Otros diez minutos pasaron en una quietud total.

Toqué el brazo de Diego. Aquélla era nuestra oportunidad de salir de allí. Había dejado de sentir miedo de Riley. Quería alejarme tanto como pudiera de aquellas túnicas oscuras. Deseaba la seguridad de la multitud que me aguardaba allá en la cabaña de madera, y supuse que así era exactamente como nuestra creadora se sentía también. El motivo por el cual había creado a tantos de nosotros en primera instancia. Ahí afuera había algunas cosas más aterradoras de lo que yo habría imaginado.

Diego vaciló, aún a la escucha, y un segundo más tarde su paciencia se vio recompensada.

—Bueno —susurró ella dentro de la casa—. Ahora ya lo saben.

¿Se refería a los encapuchados o al misterioso clan? ¿Cuál de ellos era el enemigo que había mencionado antes de la escena de terror?

—Eso no importa. Somos más que…

—¡Toda advertencia *importa*! —gruñó, cortándolo en seco—. Hay mucho por hacer. ¡Sólo cinco días! —se quejó—. No le demos más vueltas. Empiezas esta noche.

—No te fallaré —prometió Riley.

Mierda. Diego y yo nos movimos al mismo tiempo, saltamos de nuestro escondite en lo alto al árbol siguiente, de regreso por donde habíamos venido. Ahora Riley tenía prisa, y si captaba el olor de Diego después de todo lo que había pasado con los encapuchados y no había ningún Diego al final del rastro…

—Tengo que volver y estar allí esperando —me susurró Diego mientras corríamos—. Por suerte, no se ve desde la casa. No quiero que sepa que lo oí.

—Deberíamos ir juntos a hablar con él.

—Demasiado tarde para eso. Se habrá dado cuenta de que tu olor no estaba en el camino. Parece sospechoso.

—Diego… —me la había jugado para apartarme de aquello.

Regresamos al punto donde nos habíamos unido. Habló en un susurro precipitado.

—Cíñete al plan, Bree. Le contaré lo que había planeado contarle. Aún falta para que amanezca, pero es así como ha de ser. Si no me cree… —Diego se encogió de hombros—. Tiene preocupaciones mucho más serias que mi febril imaginación. Tal vez haya más posibilidades de que me escuche ahora: parece que necesitamos toda la ayuda que podamos conseguir, y tener la posibilidad de salir durante el día no puede ser malo.

—Diego… —repetí, sin saber qué más decir.

Me miró a los ojos, y esperé a que sus labios adoptaran aquella sonrisa relajada, a que hiciera alguna broma sobre ninjas o IAE.

No lo hizo. En cambio, se inclinó hacia mí lentamente, sin apartar sus ojos de los míos en ningún momento, y me besó. Sus labios suaves presionaron los míos durante un segundo eterno, mientras nos mirábamos fijamente el uno al otro.

Entonces se separó de mí y suspiró.

—Vuelve a casa, escóndete detrás de Fred y actúa como si no supieras nada. Yo estaré ahí mismo, detrás de ti.

—Ten cuidado.

Tomé su mano, la apreté con fuerza y la solté. Riley había hablado de Diego con afecto. Ahora tendría que mantener la esperanza de que tal afecto fuera real. No me quedaba otra opción.

Diego desapareció entre los árboles, silencioso como el roce de la brisa. No perdí un instante en seguirlo con la mirada y me desplacé velozmente por las ramas, camino de regreso a la casa. Esperaba conservar aún en los ojos el suficiente brillo de la noche anterior como para poder explicar mi ausencia. Una caza rápida. Tuve suerte y me topé con un excursionista solitario. Nada fuera de lo normal.

El sordo sonido de la música que me recibió al aproximarme iba acompañado del inconfundible aroma dulce y ahumado de un vampiro que ardía. Mi nivel de pánico se disparó por las nubes. En el interior de la casa podía morir con la misma facilidad que en el exterior, pero no tenía otra salida. No aminoré la marcha, sino que bajé a toda prisa las escaleras y me fui directamente a la esquina desde la cual apenas era capaz de distinguir a Fred *el freaky* de pie. ¿Buscaba algo que hacer? ¿Estaría cansado de estar sentado? No tenía ni idea de lo que pretendía, ni me importaba. Me iba a pegar bien a él hasta que Riley y Diego regresaran.

En medio del suelo había una pila humeante, demasiado grande para tratarse de tan sólo una pierna o un brazo. A la basura los veintidós de Riley.

Nadie parecía terriblemente preocupado por los restos humeantes. El escenario era demasiado habitual.

Al acercarme veloz a Fred, por una vez la sensación de asco no se hizo más fuerte, sino que se desvaneció. Ni siquiera parecía haber reparado en mí, simplemente siguió leyendo el libro que sostenía, uno de esos que le había dejado días antes. No me costó ver lo que hacía ahora que me hallaba tan próxima al lugar donde él se encontraba apoyado contra el respaldo del sofá. Vacilé y me pregunté por qué sería aquello. ¿Era capaz de sofocar a voluntad aquella cosa nauseabunda que él hacía? ¿Significaba eso que ambos nos encontrábamos desprotegidos en aquel momento? Por lo menos, Raoul no había regresado a casa, gracias a Dios, aunque sí estaba Kevin.

Por vez primera vi el verdadero aspecto de Fred. Era alto, tal vez un metro noventa, y el pelo rubio, ondulado y denso en el que ya me había fijado antes. Era ancho de hombros y musculoso. Parecía mayor que casi todos los demás, como un estudiante universitario y no del instituto. Y —ésta fue la parte que por algún motivo más me sorprendió— era guapo. Tan guapo como cualquier otro, más guapo, quizá, que la mayoría. No sabía por qué me resultaba aquello tan alucinante, e imaginé que era sólo porque yo siempre había asociado a Fred con la repulsión.

Me sentí muy rara por quedarme mirando. Di un vistazo alrededor de la sala por si alguien se había dado cuenta de que Fred estaba normal —y atractivo— por el momento. Nadie nos veía, y yo le eché un ojo furtivo a Kevin, preparada para apartar los ojos de golpe si es que se daba cuenta, pero los suyos se encontraban fijos en algún punto a la izquierda de donde estábamos nosotros. Tenía el ceño ligeramente fruncido. Antes de que me diera tiempo de apartar la mirada, sus ojos me pasaron por alto y se posaron a mi derecha. Las arrugas de su frente se hicieron más pronunciadas. Como si… estuviera intentando verme y no pudiera.

Sentí que las comisuras de los labios se me arqueaban pero sin llegar a dibujar una sonrisa. Había mucho por lo que preocuparse como para disfrutar de verdad con la ceguera de Kevin. Volví a mirar a Fred al tiempo que me preguntaba si regresaría la sensación de asco, sólo para ver que me estaba sonriendo. Con una sonrisa, estaba espectacular de veras.

Se acabó el momento, y Fred regresó a su libro. Yo pasé un rato sin moverme, a la espera de que sucediera algo. Que Diego entrara por la puerta. O bien Riley con Diego. O bien Raoul. O que la náusea atacase de nuevo, o que Kevin me fulminase con la mirada. O que se armara la siguiente bronca. Cualquier cosa.

Cuando vi que no pasó nada, acabé por recobrar la compostura e hice lo que debería haber hecho hacía rato: fingir que no pasaba nada fuera de lo normal. Tomé un libro del montón cerca de los pies de Fred, me senté allí mismo e hice como si estuviera leyendo. Se trataba probablemente de uno de los mismos libros que ya había fingido leer ayer, pero no me parecía conocido. Fui pasando las páginas, de nuevo sin retener nada.

Mis pensamientos volaban en círculos pequeños y apretados. ¿Dónde estaba Diego? ¿Cómo había reaccionado Riley ante su historia? ¿Qué significaba todo aquello, la charla previa a los encapuchados, la charla posterior a los encapuchados?

Lo fui desmenuzando en sentido cronológico inverso, en un intento por hacer que las piezas encajaran formando una imagen reconocible. El mundo de los vampiros contaba con una especie de policía, y daban verdadero pavor. Este grupo de vampiros desquiciados con meses de vida era, al parecer, un ejército, y ese ejército era de algún modo ilegal. Nuestra creadora tenía un enemigo. Borra eso, dos enemigos. Nos disponíamos a atacar a uno de ellos en un plazo de cinco días o, de no ser así, los otros enemigos, los temibles encapuchados, la atacarían a *ella,* o a nosotros, o a todos. Nos iban a entrenar para el ataque… tan pronto como Riley regresara. Lancé una mirada furtiva a la puerta y en seguida me obligué a plantar los ojos en el libro que tenía delante. Le tocaba entonces el turno al tema previo a los visitantes. La mujer estaba preocupada por alguna decisión. Le agradaba disponer de tantos vampiros, de tantos *soldados*. Riley se había alegrado de que Diego y yo hubiéramos sobrevivido... Confesó haber pensado que había perdido a dos más por culpa del sol, así que eso debía significar que no conocía la verdadera reacción que el astro rey producía en los vampiros. Lo que ella le había dicho a continuación sí que sonó raro. Le había preguntado si estaba *seguro*. ¿Seguro de que Diego hubiera sobrevivido? ¿O... seguro de que la historia de Diego fuera cierta?

El último pensamiento me aterrorizó. ¿Ella sabía ya que el sol no nos hacía daño? Si lo sabía, ¿por qué le había mentido a Riley y, a través de él, también a nosotros?

¿Por qué querría tenernos literalmente a oscuras? ¿Tan importante era para ella que no supiéramos nada? ¿Tan importante como para que Diego se viera metido en un lío? Yo solita me estaba llevando a un estado de pánico, helada de miedo. Si aún hubiera podido sudar, en ese momento habría estado transpirando a chorros. Tuve que concentrarme para pasar la página, para mantener la vista baja.

¿Vivía Riley engañado o él estaba involucrado en todo? Cuando dijo que creía haber perdido a dos más por culpa del sol, ¿se refería al sol de forma literal… o se refería a la mentira del sol?

Si se trataba de la segunda opción, entonces saber la verdad era sinónimo de estar perdido. El pánico se adueñó de mis pensamientos.

Intenté ser racional y encontrarle el sentido. Resultaba más difícil sin Diego. Tener a alguien con quien hablar, con quien relacionarme, agudizaba mi capacidad de concentración. Sin eso, el temor acechaba mis pensamientos, que se retorcían con la sempiterna sed. La tentación de la sangre se encontraba siempre a flor de piel. Aún ahora, bastante bien alimentada, podía sentir el ardor y la necesidad.

Piensa en ella, *piensa en Riley,* me dije. Tenía que ser capaz de entender por qué mentirían —si es que mentían—, y así tener la posibilidad de descubrir qué significaría para ellos que Diego supiera su secreto.

Si no nos hubieran mentido, si nos hubieran contado a todos que el día era tan seguro como lo era la noche, ¿en qué medida habría cambiado eso las cosas? Me imaginé cómo sería si no tuviéramos que estar todo el día confinados en un sótano aislado de la luz, si los veintiuno que éramos —quizá menos ahora, en función de cómo se estuvieran llevando los miembros que formaban las partidas de caza— fuéramos libres para hacer lo que nos viniera en gana cuando se nos antojara.

Querríamos cazar, eso por descontado.

Sin la obligación de regresar, si no tuviéramos que escondernos... bueno, muchos no pasaríamos por aquí muy a menudo. Resultaría difícil estar pendientes de volver mientras la sed nos dominara. Pero Riley había grabado profundamente en nosotros la amenaza de las llamas, la amenaza de revivir aquel espantoso dolor por el que todos pasamos alguna vez. Ésa era la razón por la que nos podíamos contener: el instinto de conservación, el único instinto más fuerte que la sed.

De modo que la amenaza nos mantuvo juntos. Había otros escondites, como la cueva de Diego, pero ¿quién más pensaba en ese tipo de cosas? Ya teníamos un lugar a donde ir, una base, así que era allí a donde íbamos. La perspicacia no era el fuerte de los vampiros. O, al menos, no era el fuerte de los vampiros *jóvenes*. Riley era perspicaz. Diego era más perspicaz que yo. Aquellos vampiros de las túnicas exhibían un control aterrador. Me estremecí. De manera que la rutina no nos dominaría para siempre. ¿Qué harían cuando fuéramos mayores, más lúcidos? Me di cuenta de que nadie allí era mayor que Riley. Todos éramos nuevos. *Ella* necesitaba ahora a unos cuantos de nosotros para su enemigo misterioso, pero ¿qué pasaría después?

Tenía la fuerte sensación de no desear quedarme por allí para ese momento, y de pronto reparé en algo increíblemente obvio. Se trataba de la solución que me había estado rondando la cabeza con anterioridad, cuando seguía el rastro de la manada de vampiros hasta aquí, con Diego.

No tenía que quedarme para ese momento. No tenía por qué quedarme ni una sola noche más.

Me había vuelto a convertir en una estatua mientras pensaba en aquella idea tan maravillosa.

Si Diego y yo no hubiéramos sabido hacia dónde era más probable que el grupo se dirigiera, ¿habríamos dado con ellos alguna vez? Supongo que no, y eso que se trataba de un grupo grande que dejaba un rastro amplio. ¿Y si fuera sólo un vampiro que hubiera podido llegar de un salto a la costa, tal vez a un árbol, sin dejar un rastro al borde del agua...? Tan sólo uno, o quizá dos vampiros capaces de nadar mar adentro tan lejos como quisieran... Que pudieran regresar a tierra firme en cualquier sitio... Canadá, California, Chile, China...

Nunca se podría encontrar a esos dos vampiros. Se habrían esfumado. Desaparecidos como en una nube de humo.

¡No teníamos que haber vuelto la otra noche! ¡No debimos haber regresado! ¿Por qué no había pensado en ello en ese momento?

Aunque… ¿habría estado de acuerdo Diego? De repente no me sentía tan segura de mí misma. ¿Sería que Diego le era más leal a Riley después de todo? ¿Habría creído que tenía la responsabilidad de permanecer a su lado? Él conoció a Riley mucho antes; a mí, en realidad, sólo me conocía de un día. ¿Se encontraba más unido a Riley que a mí?

Consideré aquello con el ceño fruncido.

Bueno, lo descubriría en cuanto dispusiéramos de un minuto a solas. Y tal vez entonces, si nuestro club secreto significaba algo de verdad, no tendría importancia lo que nuestra creadora hubiera planeado para nosotros. Podríamos desaparecer, y Riley se las tendría que arreglar con diecinueve vampiros o hacer otros nuevos rápidamente. De cualquier forma, ése no era nuestro problema.

Estaba ansiosa de contarle mi plan a Diego. Algo en mi interior me decía que él sentiría lo mismo. Con un poco de suerte.

De pronto, me pregunté si no sería precisamente aquello lo que en realidad les había pasado a Shelly y a Steve, y también a los otros chicos que habían desaparecido. Sabía que no se habían quemado al sol. ¿Afirmaría Riley haber visto las cenizas como una forma más de mantenernos a los demás atemorizados y dependientes de él? ¿De lograr que siguiéramos regresando a casa, a él, cada amanecer? Tal vez Shelly y Steve se hubieran largado por su cuenta. Se acabó Raoul. Nada de ejércitos ni de enemigos que amenazaran su futuro inmediato.

Quizá fuera eso lo que Riley quería decir con "perdidos por culpa del sol". Fugitivos. Y en ese caso, estaría contento de que Diego no se hubiera ido, ¿no?

¡Ojalá Diego y yo nos hubiéramos largado! Podríamos ser libres, como Shelly y Steve. Sin reglas, sin temor al amanecer.

De nuevo me imaginé a nuestra horda, completa, con rienda suelta y sin toque de queda. Veía a Diego y me veía a mí moviéndonos por las sombras como ninjas. Pero también podía ver a Raoul, Kevin y los demás como unos monstruos-bola de discoteca cegadores en medio de una calle céntrica y repleta de gente; el montón de cadáveres, los gritos, el zumbido de los helicópteros, los pobres e impotentes policías con sus tristes balas incapaces siquiera de hacernos un rasguño, las cámaras y lo rápido que cundiría el pánico cuando las imágenes dieran la vuelta al mundo.

Los vampiros no serían un secreto por mucho tiempo. Ni siquiera Raoul podría matar a la gente tan rápido como para evitar que se difundiera la historia.

En aquello había una secuencia lógica, e hice un esfuerzo por captarla antes de volver a distraerme.

Primero: los humanos no sabían de la existencia de los vampiros. Segundo: Riley nos invitaba a pasar desapercibidos, a no atraer la atención de los humanos y a no abrirles así los ojos. Tercero: Diego y yo habíamos concluido que todos los vampiros debían estar siguiendo dicha pauta o, de lo contrario, el mundo sabría de nosotros. Cuarto: tenía que haber una razón para que lo hicieran, y su motivación no eran las pistolitas de juguete de los policías humanos. Sí, la razón debía de ser muy importante para conseguir que todos los vampiros pasaran el día entero ocultos en sótanos cerrados. Era tal vez razón suficiente para que Riley y nuestra creadora nos mintieran y nos aterrorizaran con el sol abrasador. Quizá fuera una razón que Riley le argumentaría a Diego y, dado que era tan importante y él tan responsable, Diego prometería guardar el secreto y a ambos les bastaría con eso. Seguro que sí. Pero ¿y si lo que en realidad les había pasado a Shelly y a Steve fue que habían descubierto lo del brillo en la piel y *no* habían huido? ¿Y si hubieran ido a contárselo a Riley?

Y, mierda, se me fue el siguiente paso en mi recorrido lógico. Se desvaneció la secuencia y de nuevo comencé a sentir pánico por Diego.

Mientras crecía mi estado de nervios, me di cuenta de que había estado dándole vueltas a la cabeza durante un buen rato. Presentía que se acercaba el amanecer. No faltaba más de una hora. ¿Dónde estaba Diego entonces? ¿Dónde estaba Riley?

Según lo pensaba, la puerta se abrió y Raoul bajó a saltos las escaleras, entre risas, con sus colegas. Me acurruqué y me recosté más cerca de Fred. Raoul no se fijó en nosotros. Miró al vampiro carbonizado en el centro de la habitación, y su risa se hizo más fuerte. El rojo de sus ojos era brillante.

Las noches en que iba de caza, Raoul nunca volvía al refugio antes de que fuera obligatorio. Seguía alimentándose mientras podía, así que el amanecer tenía que estar más próximo aún de lo que yo había pensado.

Seguramente, Riley le habría pedido a Diego que demostrara lo que decía. Ésa era la única explicación: esperaban a que amaneciera. Sólo que... eso habría significado que Riley no sabía la verdad, que nuestra creadora le estaba mintiendo a él también. ¿O no? Mis pensamientos volvieron a enredarse.

Kristie apareció minutos más tarde con tres de su grupo y reaccionó con indiferencia ante el montón de cenizas. Hice un rápido conteo visual según se apresuraban a atravesar la puerta otros dos cazadores. Veinte vampiros. Todo el mundo había regresado excepto Diego y Riley. El sol saldría en cualquier momento.

La puerta en lo alto de las escaleras del sótano crujió al abrirse. Me puse en pie de un brinco.

Entró Riley. Cerró la puerta a su espalda. Bajó las escaleras.

Detrás no venía nadie.

Antes de ser capaz de procesar aquello, Riley soltó un aullido animal de ira. No apartaba la vista de los restos carbonizados en el suelo; los ojos se le salían de las órbitas, llenos de furia. Todo el mundo permaneció en silencio, inmóvil. Todos habíamos visto a Riley perder la paciencia, pero esto era distinto.

Riley dio media vuelta y recorrió con los dedos un altavoz que sonaba con estridencia. Lo arrancó de la pared y lo lanzó contra el lado opuesto de la estancia. Jen y Kristie se apartaron de su trayectoria justo cuando fue a estallar contra la pared en medio de una nube de polvo de yeso. Riley destrozó el equipo de sonido con un pie, y cesó el sordo golpeteo de los graves. A continuación dio un salto hasta donde se encontraba Raoul, y lo agarró por la garganta.

—¡Ni siquiera estaba aquí! —gritaba Raoul con aire asustado—. No había visto *eso* antes.

Riley soltó un alarido espantoso y lanzó a Raoul como antes había tirado el altavoz. Jen y Kristie volvieron a apartarse de un salto, y el cuerpo de Raoul atravesó la pared dejando un agujero enorme.

Riley asió a Kevin por el hombro y, con un crujido familiar, le arrancó la mano derecha. Kevin gritó de dolor y se retorció en un intento por zafarse de él. Riley le propinó una patada en el costado. Otro chillido discordante y Riley se había quedado con el resto del brazo de Kevin. Partió el miembro por la mitad, a la altura de codo, y tiró los fragmentos con fuerza a la angustiada cara de Kevin: *bum, bum, bum,* como un martillo contra una piedra.

—Pero ¿qué pasa con ustedes? —nos gritó Riley—. ¿Por qué son tan estúpidos? —estiró el brazo para enganchar al chico rubio que hacía de Spiderman, pero el joven se alejó de un brinco que lo hizo caer demasiado cerca de Fred, y volvió hacia Riley a trompicones, agonizando—. ¿Alguno de ustedes tiene cerebro?

Riley golpeó a un chico llamado Dean contra el *home theater* y lo hizo añicos; agarró entonces a otra chica —Sara— y le arrancó la oreja izquierda y un mechón de pelo de la cabeza. Ella chilló de angustia.

De forma repentina, se hizo patente que Riley estaba haciendo algo muy peligroso. Éramos muchos allí dentro. Raoul ya se había incorporado y se encontraba flanqueado por Kristie y por Jen —que solían ser sus enemigas— a la defensiva. Algunos otros habían formado grupos por toda la habitación.

No podría asegurar si Riley fue consciente de la amenaza o si su despotrique finalizó de manera natural, pero respiró profundamente. Le tiró a Sara la oreja y el pelo. Ella se apartó de él y se puso a lamer el borde que arrancó de su apéndice para cubrirlo de ponzoña y así poder recolocárselo. Para el pelo no había remedio, de manera que Sara se iba a quedar con una calva.

—¡Escúchenme! —dijo Riley, tranquilo pero feroz—. ¡Todas nuestras vidas dependen de que escuchen lo que les digo ahora y *piensen*! Todos nosotros vamos a morir. ¡Todos y cada uno de nosotros: ustedes y yo también, si es que no son capaces de comportarse como si tuvieran cerebro durante apenas unos cuantos días!

Aquello no se parecía en nada a sus habituales conferencias y peticiones de que nos controláramos. Desde luego que había conseguido captar la atención de todos.

—Ya va siendo hora de que crezcan y de que se hagan cargo de sus propias responsabilidades. ¿Es que piensan que vivir así es *gratis*? ¿Que toda la sangre de Seattle no tiene un precio?

Los pequeños grupos de vampiros ya no parecían una amenaza. Todo el mundo tenía los ojos muy abiertos, y algunos intercambiaban miradas de desconcierto. Con el rabillo del ojo vi que la cabeza de Fred se volvía hacia mí, pero no le devolví la mirada. Mi atención se centraba en dos cosas: Riley, por si acaso reanudaba su ataque, y la puerta. Una puerta que permanecía cerrada.

—¿Me están escuchando ahora? ¿Me escuchan de verdad? —Riley hizo una pausa, pero nadie asintió. La sala estaba muy quieta—. Permítanme explicarles la precariedad de la situación en la que todos nos encontramos. Lo reduciré a lo básico para los más lentos. Raoul, Kristie, vengan aquí.

Se aproximó a los líderes de los dos grupos más grandes, aliados contra él en aquel breve instante. Ninguno de ellos se le acercó. Se prepararon; Kristie enseñó los dientes.

Me imaginé que Riley se calmaría, que se disculparía. Que los aplacaría y entonces los convencería para que hicieran lo que él quisiera. Pero este Riley era distinto.

—Muy bien —les dijo con brusquedad—. Si queremos sobrevivir, vamos a necesitar líderes y, al parecer, ninguno de ustedes dos está a la altura de la tarea. Creía que tenían aptitudes, pero me equivoqué. Kevin, Jen, únanse a mí como cabecillas de este equipo.

Kevin levantó la vista sorprendido. Acababa de terminar de rearmarse el brazo y, aunque su expresión era cautelosa, resultaba innegable que también se sentía halagado. Se puso lentamente en pie. Jen miró a Kristie como si esperara su permiso. Raoul rechinó los dientes.

La puerta en lo alto de las escaleras no se abría.

—¿Tampoco son capaces? —preguntó Riley irritado.

Kevin dio un paso hacia Riley, pero Raoul se lanzó contra él atravesando la enorme estancia en un par de saltos a ras de suelo. Empujó a Kevin contra la pared sin mediar palabra y se situó a la derecha de Riley, quien se permitió una ligera sonrisa.

No es que la manipulación fuera sutil, pero sí efectiva.

—¿Kristie o Jen, quién nos guiará? —preguntó Riley con un cierto deje de diversión en la voz.

Jen seguía a la espera de una señal de Kristie que le indicase qué debía hacer. Kristie fulminó a Jen con la mirada por un instante, se quitó el pelo rubio rojizo de la cara con un gesto y se apresuró a ocupar el otro flanco de Riley.

—Esa decisión llevó demasiado tiempo —dijo Riley muy serio—. El tiempo es un lujo del que no disponemos. Vamos a dejar de andarnos con tonterías. Bastante los he dejado a todos para que hagan lo que les dé la gana, pero eso se acaba esta noche.

Su mirada recorrió la habitación en busca de los ojos de todos y cada uno de nosotros, para asegurarse de que estábamos escuchando. Cuando me llegó el turno, le mantuve la mirada durante un solo segundo y se me fueron los ojos hacia la puerta. Corregí al instante, pero su mirada había proseguido su camino. Me pregunté si se habría percatado de mi desliz. ¿O tal vez ni siquiera me había visto aquí, junto a Fred?

—Tenemos un enemigo —anunció Riley. Dejó un momento para que aquello calara. Podía notar que la idea resultaba impactante para unos cuantos de los vampiros que había en aquel sótano. El enemigo era Raoul o, los que estaban con Raoul, el enemigo era Kristie. El enemigo estaba allí dentro porque el mundo se reducía a lo que había allí. La idea de que en el exterior hubiera otras fuerzas lo suficientemente poderosas como para afectarnos era nueva para la mayoría. Ayer también habría sido nueva para mí.

—Algunos de ustedes habrán sido lo bastante listos como para caer en la cuenta de que, si nosotros existimos, también existen otros vampiros. Vampiros de mayor edad, mayor inteligencia... mayor talento. ¡Otros vampiros que *quieren nuestra sangre*!

Raoul bufó un siseo, y varios de sus acólitos lo imitaron como apoyo.

—Eso es —dijo Riley, que parecía resuelto a azuzarlos—. Seattle fue una vez suya, pero se trasladaron hace mucho tiempo. Ahora tienen noticia de nosotros y sienten celos de la sangre fácil que antes tenían aquí. Saben que ahora nos pertenece a nosotros, aunque la quieren recuperar. Y van a venir por lo que desean. Uno por uno, ¡nos darán caza a todos! ¡Nosotros arderemos mientras ellos se dan un festín!

—Eso nunca —rugió Kristie. Algunos de los suyos y otros del grupo de Raoul rugieron con ella.

—No tenemos muchas oportunidades —nos dijo Riley—. Si esperamos a que aparezcan por aquí, la ventaja será suya. Al fin y al cabo, éste es su territorio. No quieren encontrarse con nosotros en un ataque frontal porque los superamos en número y somos más fuertes que ellos. Quieren cazarnos por separado, quieren aprovecharse de nuestra mayor debilidad. ¿Hay alguien aquí lo suficientemente listo como para saber cuál es?

Señaló las cenizas a sus pies —ahora desparramadas por la alfombra e irreconocibles como los restos de un vampiro— y esperó.

Nadie movió un dedo.

Riley emitió un sonido de asco.

—¡Unión! —gritó—. ¡Carecemos de ella! ¿Qué tipo de amenaza podemos suponer cuando no dejamos de matarnos unos a otros? —le dio un puntapié al polvo y levantó una pequeña nube oscura—. ¿Pueden imaginarlos riéndose de nosotros? Piensan que arrebatarnos la ciudad les resultará sencillo, ¡que nuestra estupidez nos hace débiles!

Que les entregaremos nuestra sangre en bandeja, sin más.

La mitad de los vampiros soltaron gruñidos de protesta.

—¿Son capaces de trabajar juntos o vamos a morir todos?

—Podemos con ellos, jefe —gruñó Raoul.

Riley lo miró con cara de pocos amigos.

—¡No, si no eres capaz de controlarte! No, si no eres capaz de cooperar con todos y cada uno de los presentes en esta sala. Aquel a quien elimines —la punta de su pie volvía a juguetear con las cenizas— podría ser quien te hubiera mantenido con vida. Cada uno de los integrantes de tu aquelarre al que matas es como un regalo que le haces a nuestros enemigos. "¡Vamos!", les estás diciendo, "¡acaben con nosotros!".

Kristie y Raoul intercambiaron una mirada como si se estuvieran viendo por primera vez. Otros hicieron lo mismo. La palabra *aquelarre* no era desconocida, pero ninguno de nosotros la había aplicado antes a nuestro grupo. Éramos un aquelarre.

—Les hablaré de nuestros enemigos —dijo Riley, y todas las miradas se clavaron en su rostro—. Es un aquelarre mucho más antiguo que nosotros.

Llevan cientos de años por aquí y algún motivo habrá para que hayan sobrevivido tanto tiempo. Son astutos y hábiles, y vienen confiados a recuperar Seattle, ¡porque les han dicho que los únicos con quienes tendrán que luchar para lograrlo son una banda de chiquillos desorganizados que van a hacer la mitad del trabajo por ellos!

Más rugidos, aunque algunos mostraban menos ira que cautela. Unos cuantos de los vampiros más tranquilos, esos a los que Riley llamaría "mansos", parecían inquietos.

Riley también lo percibió.

—Así es como ellos nos ven, pero eso es porque no pueden vernos juntos. Unidos podemos aplastarlos. Si nos pudieran ver a todos, codo con codo, luchando juntos, estarían aterrorizados. Y así es como nos van a ver. Porque no vamos a estar esperando a que aparezcan por aquí y empiecen a eliminarnos de uno en uno. Dentro de cuatro días, les vamos a tender una emboscada.

¿Cuatro días? Me había imaginado que nuestra creadora no desearía apurar tanto la fecha límite. Volví a mirar a la puerta cerrada. ¿Dónde estaba Diego?

Otros reaccionaron con sorpresa ante el plazo de tiempo, algunos con temor.

—Es la última cosa que se esperan —nos tranquilizó Riley—: Todos nosotros, juntos, aguardándolos. Y he dejado lo mejor para el final. Sólo son siete.

Se produjo un instante de silencio incrédulo. Entonces Raoul dijo:

—¿Qué?

Kristie miraba fijamente a Riley con la misma expresión de incredulidad, y escuché cómo el sonido apagado de los susurros recorría la estancia.

—¿Siete?

—¿Es una broma?

—Eh —dijo Riley con brusquedad—. No les estaba tomando el pelo cuando dije que este aquelarre era peligroso. Son astutos y… taimados. Hipócritas. Nosotros contaremos con la fuerza, pero ellos con el engaño. Si les hacemos el juego, nos derrotarán, pero si los llevamos a nuestro terreno… —Riley no finalizó la frase, se limitó a sonreír.

—Vayamos ahora —propuso Raoul.

—Borrémoslos rápidamente del mapa —gruñó Kevin entusiasmado.

—Mete el freno, imbécil. Lanzarnos a ciegas no nos va a ayudar a vencer —le reprendió Riley.

—Cuéntanos todo lo que debamos saber sobre ellos —le pidió Kristie al tiempo que dirigía una mirada de superioridad a Raoul.

Riley vaciló, como si estuviera decidiendo cómo decirnos algo.

—Muy bien. ¿Por dónde empiezo? Imagino que lo primero que deben saber es... que no saben aún todo lo que hay que saber sobre los vampiros. No quería abrumarlos al principio —hizo otra pausa mientras todos parecían confusos—. Ya tienen una ligera experiencia con lo que llamamos "talento". Tenemos a Fred.

Todos se volvieron hacia Fred, o más bien lo intentaron. Por la expresión en el rostro de Riley, podía advertir que a Fred no le gustaba verse señalado. Parecía como si Fred hubiera elevado la intensidad de su "talento", como lo llamaba Riley, quien se encogió y apartó la mirada de inmediato. Yo seguía sin sentir nada.

—Sí, vean, hay algunos otros vampiros que poseen dones más allá de una fuerza y unos sentidos extraordinarios. Ya vieron algún aspecto en... nuestro aquelarre —se cuidó de no volver a pronunciar el nombre de Fred—. Los dones son poco usuales, uno de cada cincuenta, quizá, y todos son diferentes. Hay una amplia gama de ellos por ahí, unos más poderosos que otros.

Hubo un gran murmullo mientras la gente se preguntaba si ellos los podrían poseer. Raoul se pavoneaba como si ya hubiera decidido que él tenía un don. Hasta donde yo sabía, el único que era especial allí en algún sentido se encontraba justo a mi lado.

—¡Presten atención! —ordenó Riley—. No les estoy contando esto para su diversión.

—Los de este aquelarre enemigo que dices —intervino Kristie—, ellos sí poseen dones, ¿verdad?

Riley le dedicó un gesto de asentimiento en señal de aprobación.

—Exacto. Me alegra que contemos con alguien capaz de seguir la línea de puntos —el labio superior de Raoul hizo una mueca que mostró sus dientes—. Ese aquelarre está peligrosamente dotado —prosiguió Riley—. Uno de ellos es capaz de leer la mente —examinó nuestros rostros para ver si captábamos la importancia de aquella revelación. La conclusión que obtuvo no pareció satisfacerle—. ¡Piensen! Sabrá todo lo que tengan en la cabeza. Si lo atacan, conocerá el movimiento que van a hacer incluso antes de que ustedes sean conscientes de ello. Si van por la izquierda, allí los estará esperando.

Una quietud nerviosa se apoderó de todos mientras nos lo imaginábamos.

—Ése es el motivo por el que hemos sido tan cautelosos; yo y quien los creó.

Kristie dio un respingo y se apartó de él cuando la mencionó. Raoul parecía más enfadado. Los nervios se tensaron por doquier.

—No conocen su nombre, ni saben qué aspecto tiene. Esto nos protege a todos. Si ellos se tropezaran con cualquiera de ustedes a solas, no se darían cuenta de su conexión con ella, así los dejarían tranquilos. De saber que forman parte de su aquelarre, su ejecución sería inmediata.

Aquello no tenía sentido para mí. ¿No la protegía a *ella* el secreto más que a cualquiera de nosotros? Riley se apresuró a continuar antes de que dispusiéramos de demasiado tiempo para evaluar su afirmación.

—Ahora que han decidido trasladarse a Seattle, por supuesto, ya no tiene importancia. Los sorprenderemos cuando vengan de camino, y los aniquilaremos —dejó escapar entre los dientes un silbido grave, de una sola nota—. Y se acabó. Después, no sólo será nuestra la ciudad entera, sino que otros aquelarres sabrán que a nosotros no se nos tocan las narices. No nos veremos obligados ya a ocultar tanto nuestro rastro. Habrá tanta sangre como quieran, para todos. Cazar todas las noches. Nos mudaremos al centro de la ciudad y *la dominaremos*.

Los rugidos y gruñidos sonaron como un aplauso. Todo el mundo estaba con él. Excepto yo. No me moví, no hice un ruido. Tampoco lo hizo Fred, pero ¡quién sabe por qué!

Yo no estaba con Riley porque sus promesas sonaban a mentira. De lo contrario, toda mi secuencia lógica había sido errónea. Riley dijo que el motivo que impedía que cazáramos sin preocupación ni restricciones era únicamente este aquelarre enemigo, pero aquello no encajaba con el hecho de que todos los demás vampiros debían de estar siendo discretos, o los humanos habrían conocido su existencia hace mucho tiempo.

No me podía concentrar en resolverlo porque la puerta en lo alto de las escaleras no se había movido. Diego…

—Pero esto lo tenemos que hacer juntos. Hoy los guiaré a través del aprendizaje de algunas técnicas. Técnicas de combate. Consiste en algo más que gatear por el suelo como un bebé. Cuando oscurezca, saldremos y practicaremos. Quiero que se esfuercen en su entrenamiento, y que se mantengan bajo control. ¡No voy a perder a otro miembro de este aquelarre! Todos nos necesitamos unos a otros, todos y cada uno de nosotros. No voy a tolerar más estupideces. Si creen que no tienen por qué escucharme, se equivocan —realizó una breve pausa de un segundo, y los músculos de su rostro adoptaron una nueva disposición—. Y se darán cuenta de lo equivocados que están cuando los lleve ante *ella* —me estremecí y noté cómo el temblor recorría la habitación, cuando todos los demás también se sobrecogieron— y los sujete mientras les arranca las piernas y después, despacio, muy despacio, les quema los dedos de las manos, las orejas, los labios, la lengua y cualquier otro apéndice superficial *uno por uno*.

Todos habíamos perdido un miembro, por lo menos, y todos habíamos sentido el ardor del fuego al convertirnos en vampiros, de manera que nos resultaba sencillo imaginar cómo sería aquello, aunque lo aterrador no era la propia amenaza en sí. Lo que daba verdadero pavor era el rostro de Riley cuando lo dijo. No es que la cara se le retorciera de ira como le solía pasar cuando se enfadaba. Estaba calmado y frío, terso y hermoso, sus labios describían una leve curva en las comisuras, en una ligera sonrisa. Tuve de repente la impresión de que aquél era un nuevo Riley. Algo había cambiado en él, lo había endurecido, pero no era capaz de imaginar qué podía haber pasado en una sola noche que le produjera aquella sonrisa cruel y perfecta.

Aparté la mirada con un pequeño temblor y vi que la sonrisa de Raoul había cambiado para imitar la de Riley. Casi podía ver los engranajes girando dentro de la cabeza de Raoul. Ya no mataría tan rápido a sus víctimas en el futuro.

—Muy bien, vamos a formar equipos para que podamos trabajar en grupos —dijo Riley con una expresión de nuevo normal en el rostro—. Kristie, Raoul, junten a los suyos y luego repartan al resto en grupos iguales. ¡Sin peleas! Enséñenme que lo pueden hacer de un modo racional. Demuestren lo que valen.

Se apartó de aquellos dos ignorando que casi de inmediato se pusieron a discutir, y describió un recorrido en arco por el extremo de la habitación. Conforme pasaba iba tocando en el hombro a algunos vampiros y los mandaba a uno de los nuevos líderes o al otro. Al principio no me di cuenta de que se dirigía hacia mí gracias al paseo tan largo que se había dado.

—Bree —dijo con un gesto forzado en los ojos hacia donde yo me encontraba, como si le estuviese costando mucho. Me quedé como un bloque de hielo. Habría captado mi rastro. Estaba muerta—. ¿Bree? —repitió en un tono más suave ahora, y su voz me recordó la primera vez que me habló, cuando me trató con amabilidad. Prosiguió en una voz más baja aún—: Le prometí a Diego que te daría un mensaje. Me dijo que era cosa de ninjas. ¿Tiene eso algún sentido para ti?

Aún no podía mirarme, pero se encontraba cada vez más cerca.

—¿Diego? —murmuré. No pude evitarlo.

Riley esbozó una ligerísima sonrisa.

—¿Podemos hablar? —señaló la puerta con un movimiento de la cabeza—. Revisé todas las ventanas, el primer piso está totalmente a oscuras y es seguro.

Sabía que, una vez que me apartase de Fred, ya no estaría tan a salvo, pero debía oír lo que Diego había querido contarme. ¿Qué había pasado? Tendría que haberme quedado con él y haber ido juntos a ver a Riley.

Lo seguí a través de la habitación con la cabeza baja. Le dio instrucciones a Raoul, hizo un gesto de asentimiento en dirección a Kristie, y subimos las escaleras. Vi con el rabillo del ojo que algunos observaban con curiosidad adónde se dirigía.

Atravesó la puerta delante de mí. La cocina de la casa se encontraba, tal y como él había prometido, totalmente a oscuras. Me hizo un gesto para que fuera tras él y me condujo por un pasillo oscuro, dejamos atrás las puertas abiertas de varios dormitorios, y cruzamos otra puerta que tenía cerradura para una llave. Acabamos en el garaje.

—Eres valiente —me comentó en una voz muy baja—. O confiada de verdad. Pensé que me costaría más trabajo traerte al piso de arriba en pleno día —adiós... tenía que haberme mostrado más nerviosa. Demasiado tarde ya. Me encogí de hombros—. Así que Diego y tú están muy unidos, ¿verdad? —me preguntó apenas exhalando las palabras. Quizá los demás habrían podido oírlo de haber estado todo el mundo en silencio en el sótano, pero en aquel preciso instante había mucho ruido allí abajo.

Me volví a encoger de hombros.

—Me salvó la vida —susurré.

Riley elevó la barbilla, casi en un gesto de asentimiento, pero no lo era en realidad, y evaluó mi respuesta. ¿Me creía? ¿Pensaba que aún temía a la luz del sol?

—Es el mejor —dijo Riley—. El chico más listo que tengo.

Asentí una vez.

—Tuvimos una pequeña charla acerca de la situación —prosiguió Riley—. Coincidimos en que necesitamos vigilancia. Ir a ciegas resulta demasiado peligroso. Él es el único en quien confío para que se adelante a echar un vistazo —bufó, casi en un ademán de enfado—. ¡Ojalá tuviera dos como él! Raoul pierde los estribos con demasiada facilidad, y Kristie está demasiado preocupada consigo misma como para tener una visión global. Pero son los mejores que tengo, y me las tendré que arreglar con ellos. Diego me dijo que tú también eres lista —aguardé, al no estar segura de cuánto sabía Riley de nuestra historia—. Necesito que me ayudes con Fred. ¡Menuda fuerza tiene ese chico! Esta noche ni siquiera podía mirarlo.

Volví a asentir, cautelosa.

—Imagínate que tus enemigos ni siquiera te pudieran mirar. ¡Qué fácil resultaría! —continuó.

Yo no creía que a Fred le fuera a gustar la idea, pero quizá me equivocaba. No parecía que le importara lo más mínimo aquel aquelarre nuestro. ¿Querría salvarnos? No le respondí a Riley.

—Tú pasas mucho tiempo con él.

Hice un gesto de indiferencia.

—Ahí nadie me molesta. No es fácil.

Riley frunció los labios y asintió.

—Lista, como me dijo Diego.

—¿Dónde está Diego?

No tenía que haber preguntado. Las palabras salieron de mi boca por su propia voluntad. Aguardé con ansiedad, intenté mostrar indiferencia y seguramente fracasé.

—No tenemos tiempo que perder. Lo envié al sur en cuanto supe lo que se avecinaba. Si nuestros enemigos deciden atacar antes, necesitamos estar sobre aviso. Diego se encontrará con nosotros cuando vayamos contra ellos.

Intenté imaginar por dónde andaría Diego en ese momento. Ojalá estuviera allí con él. Quizá pudiera convencerlo y evitar que hiciera la voluntad de Riley y de paso impedir que se colocara en primera línea de fuego. Pero quizá no. Parecía que Diego y Riley eran uña y carne, justo como me lo había temido.

—Diego quería que te dijera algo —mis ojos se clavaron bruscamente en él. Demasiado rápido, demasiada ansia. La cagué otra vez—. Para mí no tenía ningún sentido, pero dijo: "Cuéntale a Bree que ya tengo el saludo, que se lo enseñaré dentro de cuatro días, cuando nos veamos". No tengo ni idea de a qué se refería. ¿Significa algo para ti?

Intenté forzar una cara inexpresiva.

—Tal vez. Me dijo algo así como que tenía que encontrar un saludo secreto para su cueva submarina. Una especie de contraseña. No era más que una broma. No sé muy bien a qué se refiere ahora.

Riley se carcajeó.

—Pobre Diego.

—¿Qué?

—Creo que le gustas a ese chico mucho más de lo que él te gusta a ti.

—Ah —aparté la mirada, confundida. ¿Me enviaba Diego este mensaje como un medio de hacerme saber que podía confiar en Riley? Pero él, sin embargo, no le había dicho a Riley que yo sabía lo del sol. Aun así, Diego debía de haber confiado mucho en Riley como para contarle tanto, como para mostrarle a Riley que yo le importaba. Aun así pensé que sería más inteligente mantener la boca cerrada. Habían cambiado demasiadas cosas.

—No lo rechaces aún, Bree. Es el mejor, como te dije. Dale una oportunidad.

¿Me estaba dando Riley consejos románticos? Aquello sí que no podía ser más extraño. Sacudí la cabeza una vez y dije:

—Claro.

—Mira a ver si puedes hablar con Fred. Asegúrate de que está en nuestro barco.

Me encogí de hombros.

—Haré lo que pueda.

Riley sonrió.

—Genial. Ya te apartaré antes de que nos vayamos para que así me puedas contar cómo fue. Lo haré de manera informal, no como esta noche. No quiero que se sienta como si lo estuviera espiando.

—De acuerdo.

Riley me hizo un gesto para que lo siguiera y se dirigió de vuelta al sótano.

El entrenamiento duró todo el día, pero yo no tomé parte en él. Después de que Riley regresara con sus líderes de equipo, yo ocupé mi lugar junto a Fred. Los demás se habían dividido en cuatro grupos de cuatro, bajo la dirección de Raoul y Kristie. Nadie había elegido a Fred, o tal vez él les hubiera hecho caso omiso, o quizá ni siquiera fueran capaces de ver que estaba allí. Yo aún podía verlo. Destacaba: el único que no participaba, un gran elefante rubio en la habitación.

Yo tampoco albergaba deseo alguno de ofrecerme para formar parte del equipo de Raoul o del de Kristie, así que me limité a observar. Nadie parecía haberse dado cuenta de que yo estaba ahí sentada al margen, con Fred. A pesar de que debíamos de ser algo parecido a invisibles gracias al "talento" de Fred, yo me sentía horriblemente obvia. Ojalá fuera también invisible a mis ojos, ojalá pudiera ver también la ilusión óptica y así confiar en ella. Aun así, nadie reparó en nosotros, y pasado un rato, casi pude relajarme.

Observé el entrenamiento con atención. Deseaba estar al tanto de todo, por si acaso. No tenía intención de combatir, mi intención era encontrar a Diego y largarnos de allí. Pero ¿y si Diego quería luchar? O ¿qué pasaría si tuviéramos que pelear para escaparnos de los demás? Más me valía prestar atención.

Sólo una vez hubo alguien que preguntó por Diego. Fue Kevin, aunque me daba la impresión de que se lo había encargado Raoul.

—Al final a Diego lo achicharraron, ¿eh? —preguntó Kevin en un forzado tono jocoso.

—Diego está con *ella* —contestó Riley, y nadie tuvo que preguntar a quién se refería—. De vigilancia.

Algunos sintieron un escalofrío, y nadie volvió a decir nada sobre Diego.

¿Estaba de verdad con *ella?* La idea me encogía el corazón. Tal vez Riley lo dijera tan sólo para evitar que la gente le preguntara. Era probable que no quisiera que Raoul se pusiera celoso o se sintiera por debajo de Diego justo cuando Riley lo necesitaba en su estado de ánimo más arrogante posible. No podía estar segura y tampoco iba a preguntar.

Guardé silencio, como siempre, y observé las prácticas.

En el fondo, ver aquello era aburrido, me daba sed. Riley no dio tregua a su ejército durante tres días y dos noches seguidas. Durante el día era más difícil mantenerse al margen por lo hacinados que estábamos todos en el sótano. En cierto modo, a Riley le facilitaba las cosas: solía darle tiempo de parar una pelea antes de que pasara a mayores. En el exterior, de noche, había más espacio para que unos se movieran alrededor de otros, pero Riley se la pasaba ocupado corriendo de aquí para allá para recoger extremidades y devolvérselas rápidamente a sus propietarios. Contenía bien su carácter y, esta vez, anduvo bastante listo a la hora de encontrar todos los encendedores. Yo habría apostado a que aquello se iba a descontrolar, a que perderíamos al menos un par de miembros del aquelarre con Raoul y Kristie de refriega sin parar durante días. Pero Riley tenía sobre ellos un control muy superior al que yo creía posible.

Sin embargo, todo era principalmente a base de repetición. Me percaté de que Riley no paraba de decir siempre lo mismo, una y otra vez: "trabaja en equipo, vigila tu espalda, no vayas de frente por ella"; "trabaja en equipo, vigila tu espalda, no vayas de frente por él"; "trabaja en equipo, vigila tu espalda, no vayas de frente por ella". Era ridículo, de verdad, y lograba que el grupo pareciera increíblemente estúpido. Pero tenía la seguridad de que yo habría sido igual de estúpida de haberme encontrado metida de lleno en el combate con ellos en lugar de verlo tranquila desde la barrera con Fred.

En cierto modo me recordó la manera en que Riley nos había inculcado el miedo al sol. La repetición constante.

Aun así, aquello era tan aburrido que, tras aproximadamente diez horas en aquel primer día, Fred sacó una baraja y se puso a hacer solitarios. Eso era más interesante que ver los mismos errores una y otra vez, así que pasé la mayor parte del tiempo observándolo a él.

Alrededor de otras doce horas más tarde —volvíamos a estar dentro— le di un golpecito a Fred con el codo para señalarle un cinco rojo que podía colocar. Asintió y movió la carta. Después de esa mano, repartió cartas para los dos y jugamos *rummy*. No dijimos una palabra, pero Fred sonrió un par de veces. Nadie nos miró ni nos pidió que nos uniéramos a ellos.

No había intervalos de caza y, conforme pasaba el tiempo, aquello iba siendo más y más difícil de ignorar. Las peleas estallaban con mayor regularidad y con menores provocaciones. Las órdenes de Riley se volvieron más estridentes, y él mismo arrancó un par de brazos. Intenté olvidar la ardiente sed en la medida de lo posible —al fin y al cabo, Riley debía de estar sufriéndola también, así que aquello no podía durar para siempre—, pero la sed era prácticamente la única cosa que tenía en la cabeza. Fred comenzaba a mostrar un aspecto bastante tenso.

La tercera noche, temprano —faltaba un día y, cuando pensaba en el paso del tiempo, se me hacía un nudo en el estómago vacío—, Riley ordenó detener todos los combates ficticios.

—Vengan aquí, chicos —nos dijo, y todos formamos algo parecido a un semicírculo frente a él. Los grupos originales se mantuvieron juntos, así que el entrenamiento no había modificado ninguna de aquellas alianzas. Fred se guardó las cartas en el bolsillo de atrás y se puso en pie. Yo permanecí a su lado con la confianza de que su aura de repulsión me ocultara.

—Lo hicieron bien —nos dijo—. Esta noche tienen una recompensa. Beberán, porque mañana van a desear su fuerza —casi todo el mundo soltó rugidos de alivio—. Y digo *desear* y no *necesitar* por una razón —prosiguió—. Creo, chicos, que lo han conseguido. Han sido inteligentes y han hecho un gran esfuerzo. ¡Nuestros enemigos no van a saber de dónde les vienen los golpes!

Kristie y Raoul rugieron, y sus compañías los imitaron de inmediato. Me sorprendió verlo, pero en ese momento sí parecían un ejército. No es que estuvieran desfilando en formación ni nada por el estilo, pero en su respuesta había cierta uniformidad. Como si todos formaran parte de un gran organismo. Como siempre, Fred y yo éramos las flagrantes excepciones, pero pensé que sólo Riley podía fijarse apenas un poco en nosotros: cada dos por tres su mirada escrutaba la zona en la que nos encontrábamos, prácticamente para comprobarlo, para tener la certeza de que aún sentía el talento de Fred. Y a Riley no parecía importarle que no nos uniéramos. Al menos por ahora.

—Quieres decir mañana *por la noche,* ¿verdad, jefe? —aclaró Raoul.

—Así es —dijo Riley con una extraña sonrisita. Al parecer, ningún otro reparó en nada extraño en su respuesta, a excepción de Fred. Bajó la mirada hacia mí con una ceja arqueada. Yo me encogí de hombros.

—¿Están listos para su recompensa? —su pequeño ejército rugió en respuesta—. Esta noche van a tener un adelanto de cómo será nuestro mundo cuando nuestra competencia esté fuera del mapa. ¡Síganme!

Riley se alejó a grandes zancadas. Raoul y su equipo le pisaban los talones. El grupo de Kristie comenzó a dar empujones y zarpazos en medio de ellos para lograr ponerse al frente.

—¡No me hagan cambiar de opinión! —vociferó Riley desde los árboles que había más adelante—. Se pueden morir de sed. ¡Me da igual!

Kristie ladró una orden, y su grupo se situó con hosquedad detrás del de Raoul. Fred y yo esperamos a que el último hubiera desaparecido de nuestra vista. Entonces Fred realizó con el brazo uno de esos gestos de *las damas primero.* No fue como si temiera tenerme a su espalda, sólo estaba siendo educado. Comencé a correr tras el ejército.

Los demás ya nos llevaban una buena ventaja, pero no costaba nada seguir su olor. Fred y yo corrimos en un amigable silencio. Me preguntaba en qué estaría pensando. Tal vez sólo estuviese sediento. Yo ardía, así que él probablemente también. Alcanzamos al grupo en unos cinco minutos, pero mantuvimos nuestra distancia.

La tropa se movía en un silencio sorprendente. Estaban concentrados y aún más… eran disciplinados. En cierto modo deseé que Riley hubiera empezado antes la instrucción. Era más fácil andar con este grupo.

Cruzamos por encima de una autopista vacía, otra franja de bosque y nos encontramos en una playa. El agua estaba en calma y nos habíamos dirigido casi directamente al norte, así que aquello debía de ser el estrecho. No habíamos pasado cerca de ningún lugar habitado, y estaba segura de que había sido a propósito. Sedientos e irritables, no haría falta mucho para que aquella pizca de organización se disolviera en una escandalosa masacre.

Nunca habíamos ido de caza todos juntos, y ahora tenía la seguridad de que no se trataba de una buena idea. Recordaba a Kevin y a Spiderman peleándose por la mujer del auto aquella primera noche que hablé con Diego. Más le valdría a Riley disponer de una buena cantidad de cuerpos para nosotros o la gente iba a empezar a matarse entre sí para conseguir el máximo de sangre.

Riley se detuvo en la orilla.

—No se repriman —nos dijo—. Los quiero bien alimentados y fuertes: a tope. Ahora... vamos a pasarla bien.

Se sumergió con suavidad en la marea. Los demás también lo hicieron, pero soltando rugidos de

como si hubiera algo que me quisiera decir, pero ambas veces pareció haber cambiado de opinión.

De vuelta en el refugio, Riley hizo que el ambiente de celebración amainase. Aun habiendo pasado unas horas, seguía obstinado en su intento por devolver a todo el mundo a la senda de la seriedad. Por una vez, no eran discusiones lo que tenía que calmar, sino la euforia. Si las promesas de Riley eran falsas, tal y como yo pensaba, se iba a ver metido en un lío cuando finalizara la emboscada. Ahora que todos estos vampiros se habían dado un verdadero festín, no iban a volver a aceptar ningún tipo de restricción con facilidad. Por esta noche, no obstante, Riley era un héroe.

Finalmente —un buen tiempo después de que saliera el sol, según mis cálculos— todo el mundo guardaba silencio y prestaba atención. Por la expresión en sus caras se diría que estaban dispuestos a escuchar cualquier cosa que él les tuviera que decir.

Riley subió las escaleras hasta la mitad con el rostro serio.

—Tres cosas —arrancó—. Primero, queremos estar seguros de que atacamos al aquelarre correcto. Si por accidente nos tropezáramos con otro clan y los matáramos, pondríamos nuestras cartas al descubierto. Queremos que nuestros enemigos se confíen en exceso y que estén desprevenidos. Hay dos cosas que identifican a este aquelarre. Una, que tienen un aspecto distinto, tienen los ojos amarillos.

Se produjo un murmullo por la confusión.

—¿Amarillos? —repitió Raoul con tono de asco.

—Ahí afuera hay mucho del mundo de los vampiros con lo que no se han encontrado aún. Ya les dije que este clan tiene muchos años. Sus ojos son más débiles que los nuestros, amarillean por la edad. Otra ventaja de nuestro lado —asintió para sí, como si se estuviera diciendo "una cosa menos"—. Pero existen otros vampiros mayores, de manera que hay otro modo de reconocerlos con seguridad… y es aquí donde el postre que mencioné entra en juego —Riley sonrió de un modo astuto y aguardó un instante—. Esto va a ser difícil de procesar —advirtió—. Yo no lo entiendo, aunque lo he visto con mis propios ojos. Estos vampiros ancianos se han ablandado tanto que incluso tienen como miembro de su aquelarre a un humano de su agrado.

La revelación fue recibida con un rotundo silencio. Con total incredulidad.

—Lo sé, es difícil de digerir, pero es la verdad. Sabremos sin duda que son ellos porque los acompañará una chica humana.

—Pero… ¿cómo? —preguntó Kristie—. ¿Quieres decir que van por ahí con la comida a cuestas o algo así?

—No. Se trata siempre de la misma chica, la única, y no tienen intención de matarla. No sé cómo lo consiguen, ni por qué. Tal vez sólo quieran mostrarse diferentes. Quizá quieran presumir de su autocontrol. Tal vez piensen que eso los hace parecer más fuertes. Para mí no tiene sentido, pero la he visto. Es más, la he olido —con parsimonia y dramatismo, Riley rebuscó en su cazadora y extrajo una bolsa de plástico hermética que contenía una tela roja—. En las últimas semanas hice alguna labor de reconocimiento para tener controlado al clan de los ojos amarillos tan pronto como se acercara —hizo una pausa para dedicarnos una mirada paternal—. Yo cuido de mis chicos. Muy bien, en el instante en que vi que venían por nosotros, conseguí esto —mostró la bolsa— para poder rastrearlos. Quiero que todos se familiaricen con este olor.

Le entregó la bolsa a Raoul, que abrió el cierre a presión e inhaló con fuerza. Miró a Riley con cara de sorpresa.

—Lo sé —dijo Riley—. Sorprendente, ¿verdad?

Raoul entrecerró los ojos en un gesto pensativo y le pasó la bolsa a Kevin.

Uno por uno, todos los vampiros olisquearon la bolsa, y todos reaccionaron con unos ojos exageradamente abiertos, ningún otro gesto. Sentía tanta curiosidad que me escabullí de Fred hasta que percibí la náusea y supe que me hallaba fuera de su perímetro. Fui avanzando hasta llegar junto a Spiderman, que parecía ser el último de la fila. Cuando le llegó su turno, olisqueó el interior de la bolsa y estuvo a punto de devolvérsela al chico que se la había pasado a él, pero levanté la mano y protesté. Tuvo que mirarme dos veces, como si no me hubiera visto allí antes, y me la pasó a mí.

La tela roja tenía el aspecto de una camisa. Metí la nariz en la abertura, no le quité el ojo a los vampiros a mi alrededor, por si acaso, e inhalé.

Ah. Ahora comprendía aquellas expresiones y notaba una similar en mi rostro, porque el humano que se había puesto la camisa sí que tenía la sangre dulce. Cuando Riley habló de un "postre", tenía más razón que un santo. Por otro lado, yo estaba menos sedienta que nunca, así que, mientras que los ojos se me abrían al valorarlo, no sentía el suficiente dolor en la garganta como para hacer una mueca. Sería increíble probar aquella sangre pero, en aquel preciso instante, no me causaba dolor no poder hacerlo.

Me preguntaba cuánto tardaría en volver a estar sedienta. Habitualmente, el dolor comenzaba a regresar a las pocas horas de haberme alimentado, y a partir de ese momento, no hacía más que empeorar y empeorar hasta que —un par de días después— resultaba imposible ignorarlo un solo segundo. ¿Se retrasaría aquel proceso gracias a la excesiva cantidad de sangre que acababa de beber? Me imaginé que pronto lo sabría.

Miré a mi alrededor para asegurarme de que nadie estaba esperando la bolsa, porque pensé que Fred también sentiría curiosidad. Riley captó mi mirada, sonrió ligeramente e hizo un leve gesto con la barbilla en dirección a la esquina donde se encontraba Fred. Eso me hizo querer hacer justo lo contrario de lo que había pensado, pero qué más daba. Tampoco quería que Riley sospechara de mí.

Volví hacia Fred e hice caso omiso de la náusea hasta que se desvaneció y me hallé justo a su lado. Le entregué la bolsa. Al parecer le agradó que me acordara de incluirlo; sonrió y olfateó la camisa. Un segundo más tarde asentía para sí, pensativo. Me devolvió la bolsa con una mirada significativa. Pensé que la próxima vez que nos encontráramos a solas, me contaría lo que antes ya me había parecido que deseaba compartir. Le tiré la bolsa a Spiderman, que reaccionó como si le hubiera caído del cielo, pero aun así logró atraparla antes de que tocara el suelo.

Todo el mundo murmuraba sobre el olor. Riley dio dos palmadas.

—Muy bien, he ahí el postre del que les había hablado. La chica estará con el clan de los ojos amarillos. El primero que llegue hasta ella es el que se lleva el postre. Tan simple como eso.

Rugidos de agradecimiento, rugidos competitivos.

Simple, sí, pero… un error. ¿No se suponía que habíamos de destruir al aquelarre de los ojos amarillos? Se suponía que la unión iba a ser la clave y no un premio para el primero que llegara, algo que sólo podría alcanzar uno de los vampiros. El único resultado garantizado de este plan era un humano muerto. A mí se me ocurría media docena de formas más productivas de motivar a este ejército. El que mate a más vampiros de ojos amarillos se lleva a la chica; el que demuestre una mayor capacidad de trabajo en equipo se lleva a la chica; el que más se ciña al plan establecido; el que mejor obedezca las órdenes, etcétera. Había que centrarse en el peligro, que desde luego no era la humana.

Observé a los demás a mi alrededor y tuve claro que ninguno de ellos estaba siguiendo la misma secuencia lógica. Raoul y Kristie se retaban mutuamente con la mirada. Oí a Sara y a Jen discutir en susurros acerca de la posibilidad de compartir el premio.

Bueno, quizá Fred lo hubiera captado. Él también fruncía el ceño.

—Y la última cosa —dijo Riley. Por primera vez había en su voz un tono reticente—. Es probable que esto les resulte aún más difícil de aceptar, así que se lo mostraré. No les voy a pedir que hagan nada que no vaya a hacer yo. Recuérdenlo: yo recorro con ustedes cada paso del camino —los vampiros volvieron a quedarse muy quietos. Vi que Raoul tenía de nuevo la bolsa de plástico y la agarraba de un modo posesivo—. Aún les quedan muchas cosas por aprender acerca de ser un vampiro —prosiguió Riley—. Algunas tienen más sentido que otras, y ésta es una de esas que no suenan muy bien al principio; pero yo mismo he pasado por ello y se lo voy a mostrar —se quedó pensando durante un largo segundo—. Cuatro veces al año, el sol brilla en un ángulo indirecto determinado y, durante ese único día, cuatro veces al año, es seguro… para nosotros quedar expuestos al sol —se detuvo hasta el más leve de los movimientos. No se oía una sola respiración. Riley se estaba dirigiendo a un montón de estatuas—. Uno de esos días especiales está empezando ahora. El sol que está saliendo hoy no nos hará daño a ninguno de nosotros, y vamos a utilizar esta curiosa excepción para sorprender a nuestros enemigos.

Mis pensamientos daban vueltas, patas arriba. De manera que Riley sabía que era seguro ponernos al sol; o no lo sabía, y nuestra creadora le había contado esta historia de los cuatro días. O… aquello era verdad, y Diego y yo habíamos tenido la suerte de encontrarnos en uno de esos días, excepto por el hecho de que Diego ya había salido antes a la sombra. Y Riley estaba convirtiéndolo en una especie de solsticio estacional, mientras que Diego y yo habíamos estado tan tranquilos al sol hace apenas cuatro días.

Podía entender que Riley y nuestra creadora pretendieran controlarnos con el temor del sol. Tenía sentido. Pero ¿por qué contar ahora la verdad de un modo tan parcial?

Apostaría a que tenía algo que ver con los aterradores encapuchados. Ella probablemente quería ganar tiempo antes de su fecha límite. Los encapuchados no habían prometido dejarla vivir cuando matáramos a todos los vampiros de los ojos amarillos. Supuse que ella desaparecería en el preciso instante en que cumpliera su objetivo aquí: matar al clan de los ojos amarillos y tomarse unas largas vacaciones en Australia o cualquier sitio en el otro extremo del mundo. Y apostaría a que no nos iba a enviar invitaciones con nuestro nombre grabado. Tendría que encontrar rápidamente a Diego para poder largarnos también, pero en la dirección opuesta de Riley y nuestra creadora. Y debía contárselo a Fred. Decidí hacerlo en cuanto tuviéramos un momento a solas.

Cuánta manipulación había en aquel discursito, y yo ni siquiera tenía la certeza de estar detectándola toda. Ojalá Diego estuviera aquí y pudiéramos analizarlo juntos.

De estar Riley inventando sobre la marcha este rollo de los cuatro días, creo que yo podía entender por qué. No era posible plantarse allí y decir: "Oigan, les he estado mintiendo toda su vida, pero *ahora* les estoy diciendo la verdad". Él quería que hoy lo siguiéramos a la batalla, no podía socavar la poca o la mucha confianza que se hubiera ganado.

—Es lógico que les aterrorice la idea —dijo Riley a las estatuas—. La razón de que sigan vivos es que hicieron caso cuando les dije que había que tener cuidado. Volvieron a casa a tiempo, no cometieron errores. Permitieron que ese temor los hiciera más listos y cautelosos. No espero que dejen ahora a un lado ese temor inteligente así como así. No espero que salgan corriendo por esa puerta sólo con mi palabra, sino que... —recorrió la estancia una sola vez con la mirada— espero que me sigan al exterior.

Apartó la vista de su público durante una mínima fracción de segundo para posarse en algo que había sobre mi cabeza.

—Mírenme —nos dijo—, escúchenme, confíen en mí. Cuando vean que estoy bien, crean lo que ven. El sol de un día como hoy tiene algunos efectos interesantes en nuestra piel. Van a ver. No les hará ningún daño. Yo no haría nada que los expusiese a un peligro innecesario, eso lo saben.

Comenzó a subir las escaleras.

—Riley, no podemos esperar un poco... —empezó a decir Kristie.

—Limítate a prestar atención —la interrumpió Riley, que seguía subiendo con parsimonia—. Esto nos proporciona una gran ventaja. Los vampiros de los ojos amarillos saben perfectamente lo del sol de hoy, pero no saben que también *nosotros* estamos al tanto —mientras hablaba, abrió la puerta, salió del sótano y entró en la cocina. No había luz en aquella habitación bien protegida, pero todos evitaron acercarse a la puerta abierta. Todos menos yo. Su voz prosiguió y avanzó hacia la puerta de la entrada—. A la mayoría de los vampiros jóvenes les cuesta un tiempo aceptar esta excepción y es por un buen motivo: los que no se cuidan de la luz del sol no duran mucho.

Noté los ojos de Fred puestos en mí. Lo miré. Los tenía clavados en mí, con urgencia, como si deseara largarse de allí pero no tuviera adónde.

—Todo va bien —le susurré casi en silencio—. El sol no nos va a hacer daño.

¿Confías en él?, simuló decir, moviendo los labios.

De ninguna manera.

Fred arqueó una ceja y se relajó tan sólo un poco.

Me giré a nuestra espalda. ¿Dónde había mirado Riley? No había cambiado nada: unas cuantas fotos de familia, de gente muerta, un espejo pequeño y un reloj cucú. Mmm. ¿Estaba mirando la hora? Tal vez nuestra creadora le hubiese puesto un límite a él también.

—Está bien, chicos, voy a salir —dijo Riley—. Hoy no tienen por qué tener miedo, se lo prometo.

La luz irrumpió en el sótano a través de la puerta abierta, amplificada —como sólo yo sabía— por la piel de Riley. Veía el baile de los reflejos brillantes en la pared.

Entre siseos y gruñidos, mi aquelarre se retiró a la esquina opuesta a la de Fred. Kristie estaba atrás de todos. Parecía como si estuviera utilizando a su grupo de escudo protector.

—Cálmense todos —nos dijo Riley desde arriba—. Estoy perfectamente bien: ni dolor ni quemaduras. Vengan a verlo. ¡Vamos!

Nadie se acercó a la puerta. Fred se había acurrucado contra la pared, junto a mí, y vigilaba la luz con ojos de pánico. Hice un gesto con la mano para llamar su atención. Levantó la vista y evaluó mi total calma durante un segundo. Se puso lentamente en pie. Yo le ofrecí una sonrisa de aliento.

Todos los demás estaban a la espera de que prendieran las llamas. Me preguntaba si yo le habría parecido tan tonta a Diego.

—¿Saben qué? —dijo Riley desde arriba—. Siento curiosidad por ver quién es el más valiente de ustedes. Tengo una idea bastante aproximada de quién va a ser la primera persona que pase por esa puerta, aunque ya me he equivocado otras veces.

Puse los ojos en blanco. Qué sutil, Riley.

Pero funcionó, por supuesto. Centímetro a centímetro y casi de inmediato, Raoul comenzó su camino hacia la puerta. Por una vez, Kristie no se apresuró a competir con él por la aprobación de Riley. Raoul le dio una palmada a Kevin, y éste y Spiderman, a regañadientes, se pusieron en movimiento para acompañarlo.

—Pueden oírme, saben que no me achicharré. ¡No sean una bola de chiquillos! Ustedes son *vampiros*. Compórtense como tales.

Sin embargo, Raoul y sus colegas no eran capaces de avanzar más allá del pie de las escaleras. Nadie más se movió. Riley volvió transcurridos algunos minutos. En la puerta, a la luz indirecta de la entrada, brillaba sólo un poco.

—Mírenme. Estoy bien. ¡En serio! Me avergüenzo de ustedes. ¡Ven, Raoul!

Al final, Riley tuvo que enganchar a Kevin —Raoul se apartó en cuanto se dio cuenta de lo que estaba pensando Riley— y lo arrastró a la fuerza escaleras arriba. Vi el momento en que se pusieron al sol, cuando el brillo se hizo más luminoso por sus reflejos.

—Díselo, Kevin —le ordenó Riley.

—¡Raoul, estoy bien! —gritó Kevin desde arriba—. Guau. Tengo todo el cuerpo... brillando. ¡Es una locura! —se rio.

—Bien hecho, Kevin —dijo Riley muy alto.

Eso funcionó con Raoul. Apretó los dientes y subió a ritmo las escaleras. No se movió con velocidad, pero en seguida estaba allí arriba, brillando y riendo con Kevin.

Aun después de aquello, el proceso costó más de lo que yo habría imaginado. Seguía siendo cosa de ir uno por uno. Riley se impacientó y hubo más amenazas que ánimos.

Fred me lanzó una mirada que decía: "¿Sabías tú esto?".

Sí, moví los labios.

Hizo un gesto de asentimiento y empezó a subir las escaleras. Aún quedaban unos diez vampiros —el grupo de Kristie principalmente— apretados contra la pared. Me fui con Fred, sería mejor salir a la mitad. Que Riley lo interpretase como le diera la gana.

Pudimos ver a los vampiros que brillaban como bolas de discoteca en el jardín frontal de la casa y se miraban las manos con cara de estar maravillados. Fred salió a la luz sin aminorar el paso, algo que interpreté como un gesto de valentía, tomándolo todo en consideración. Kristie era un buen ejemplo de lo bien que Riley nos había adoctrinado. Se aferraba a lo que sabía a pesar de las pruebas que tenía ante sí.

Fred y yo nos mantuvimos un poco aparte del resto. Se examinó detenidamente, luego me observó a mí y a continuación miró a los demás. Me di cuenta de que Fred, aunque sumamente callado, era muy observador y casi científico en el modo en que examinaba las pruebas. Nunca había dejado de evaluar las palabras y los actos de Riley. ¿Hasta dónde había llegado en sus deducciones?

Riley tuvo que obligar a Kristie a subir las escaleras, y su grupo vino con ella. Por fin nos encontrábamos todos en el exterior, al sol, la mayoría disfrutando de lo guapos que estaban. Riley reunió a todos para una sesión rápida de entrenamiento; más que nada, pensé, para volver a centrar a todo el mundo. Les costó un minuto, pero todos se dieron cuenta de que había llegado la hora, así que permanecieron más silenciosos y feroces. Notaba que la idea de un combate real —de que no sólo se les permitiera, sino que se les animara a descuartizar y quemar— era casi tan emocionante como salir de caza. A gente como Raoul, Jen y Sara les resultaba atractiva la idea.

Riley hizo hincapié en una estrategia que había estado intentando meterles en la cabeza los últimos días: una vez que localizáramos al clan de los ojos amarillos, nos dividiríamos en dos grupos y los rodearíamos. Raoul arremetía contra ellos en un ataque frontal mientras que Kristie atacaría por un flanco. El plan cuadraba a la perfección con el estilo de ambos, aunque yo no tenía muy claro que fueran a ser capaces de seguir el plan en el fragor de la caza.

Cuando Riley llamó a todos tras una hora de entrenamiento, Fred empezó de inmediato a caminar de espaldas, hacia el norte; Riley tenía a los demás mirando al sur. Yo me quedé cerca de él, aunque no tenía ni idea de lo que estaba haciendo. Fred se detuvo cuando nos hallamos ya a unos cien metros de distancia, a la sombra de los abetos de la linde del bosque. Nadie nos vio alejarnos. Fred observaba a Riley, como si quisiera ver si había reparado en nuestra retirada.

Riley comenzó a hablar.

—Nos marchamos ya. Son fuertes y están preparados. Y están sedientos, ¿verdad que sí? Pueden sentir cómo les quema. Están listos para el postre.

Tenía razón. Toda aquella sangre no había demorado en absoluto el regreso de la sed. De hecho, aunque no estaba segura, pensé que tal vez pudiera estar volviendo más rápido y más fuerte de lo normal. Quizá el exceso de alimentación era en cierto sentido contraproducente.

—El clan de los ojos amarillos avanza despacio desde el sur y se alimenta por el camino, intentando fortalecerse —dijo Riley—. *Ella* los ha estado observando, así que sé dónde encontrarlos. *Ella* se encontrará con nosotros allí, con Diego —lanzó una significativa mirada al lugar donde yo acababa de estar, frunció rápidamente el ceño y lo relajó con la misma celeridad—, y los arrasaremos como un tsunami. Los arrollaremos y después lo celebraremos —sonrió—. Alguien va a ser el primero en celebrarlo. Raoul, dame eso —Riley extendió la mano con autoridad. Raoul le tiró a regañadientes la bolsa con la camisa. Parecía que Raoul estuviera intentando reclamar para sí la chica a fuerza de acaparar su olor.

—Vuelvan a olerla todos. ¡Concéntrense!

¿Concentrarnos en la chica? ¿O en la lucha?

El propio Riley fue pasando esta vez la bolsa, prácticamente como si quisiera asegurarse de que todo el mundo estaba sediento, y por las reacciones pude ver que, como a mí, a ellos también les había vuelto el ardor. El olor de la camisa provocó malas caras y gruñidos. No era necesario pasarnos el olor de nuevo, no olvidábamos nada, así que probablemente aquello no sería más que una prueba. El simple hecho de pensar en el olor de la chica hacía que se me llenara la boca de ponzoña.

—¿Están conmigo? —vociferó Riley. Todo el mundo expresó a gritos su acuerdo—. ¡Acabemos con ellos, chicos!

De nuevo como las barracudas, por tierra esta vez.

Fred no se movió, así que me quedé con él, aunque sabía que estaba desperdiciando un tiempo que iba a necesitar. Si quería ir por Diego y apartarlo de allí antes de que comenzara el combate, necesitaría encontrarme cerca de la parte frontal del ataque. Los vigilaba inquieta. Seguía siendo más joven que la mayoría de ellos, más veloz.

—Riley no será capaz de pensar en mí durante unos veinte minutos más o menos —me dijo Fred en un tono informal y familiar, como si hubiéramos mantenido un millón de conversaciones en el pasado—. He estado calculando el tiempo. Si intenta acordarse de mí, se mareará, aunque nos separe una buena distancia.

—¿En serio? Eso es genial.

Fred sonrió.

—He estado practicando, registrando los efectos. Ahora soy capaz de hacerme invisible por completo. Nadie puede mirarme si yo no quiero.

—Ya me di cuenta —le contesté, hice una pausa y le pregunté—: ¿Tú no vienes?

Fred hizo un gesto negativo con la cabeza.

—Por supuesto que no. Es obvio que no nos están contando lo que tenemos que saber. Yo no voy a ser un peón de Riley —así que Fred lo había descubierto por su cuenta—. Tenía pensado haberme largado antes, pero no quería irme sin haber hablado contigo y, hasta ahora, no hemos tenido oportunidad.

—Yo también quería hablar contigo —le dije—. Pensé que deberías saber que Riley nos ha estado mintiendo acerca del sol. Este rollo de los cuatro días es una completa idiotez. Creo que Shelly, Steve y los demás lo descubrieron también. Y en el fondo de esta guerra hay mucha más intriga política de lo que él nos ha contado. Hay más de un grupo de enemigos —lo dije a toda prisa, sentía el movimiento del sol con una presión terrible, el paso del tiempo. Tenía que llegar hasta Diego.

—No me sorprende —dijo Fred con calma—. Y lo dejo: me voy a explorar por mi cuenta, a ver el mundo. O me *iba* por mi cuenta, pero entonces pensé que tal vez tú quisieras venir también. Conmigo estarías relativamente a salvo. No podría seguirnos nadie.

Titubeé un segundo. Resultaba difícil resistirse a la idea de la seguridad en aquel preciso momento.

—Tengo que ir por Diego —le dije al tiempo que hacía un gesto negativo con la cabeza.

Asintió pensativo.

—Lo entiendo. ¿Sabes? Si estás dispuesta a responder por él, puedes traerlo contigo. Según parece, hay veces que es útil contar con más gente.

—Sí —admití con fervor al recordar cuán vulnerable me había sentido en aquel árbol, con Diego, conforme avanzaban los cuatro encapuchados.

Arqueó una ceja ante mi tono de voz.

—Riley está mintiendo, por lo menos, acerca de otra cosa importante —le expliqué—. Ten cuidado. Se supone que no debemos dejar que los humanos sepan de nosotros. Hay una rara especie de vampiros horribles que se dedican a terminar con los aquelarres que actúan de un modo demasiado evidente. Los he visto, y tú no querrías que te encontraran. No te dejes ver durante el día y caza con inteligencia —miré al sur con nerviosismo—. ¡Tengo que darme prisa!

Él procesaba mis revelaciones con solemnidad.

—Muy bien. Podrás alcanzarme si quieres. Me gustaría que me contaras más. Te esperaré en Vancouver durante un día. Conozco la ciudad. Te dejaré un rastro… —soltó una carcajada— en Riley Park. Podrás seguir el rastro hasta mí, pero pasadas veinticuatro horas, me largo.

—Iré por Diego y te alcanzaremos.

—Buena suerte, Bree.

—¡Gracias, Fred! Buena suerte a ti también. ¡Nos vemos! —ya me iba corriendo.

—Eso espero —le oí decir a mi espalda.

Corrí a toda velocidad tras el rastro de los demás, volé a ras de suelo, más rápido de lo que nunca había corrido. Tuve la fortuna de que se hubieran detenido para hacer algo —para que Riley les gritara, me imaginé—, porque les di alcance antes de lo que debía. O tal vez Riley se había acordado de Fred y se había detenido a buscarnos. Corrían a un ritmo constante cuando llegué a ellos, semidisciplinados igual que la noche previa. Intenté colarme en el grupo sin llamar la atención, pero vi que Riley volvía la cabeza para ver a los rezagados. Sus ojos apuntaron directamente hacia mí, y empezó a correr más rápido. ¿Habría supuesto que Fred estaba conmigo? Riley jamás volvería a ver a Fred.

No habían pasado cinco minutos cuando todo cambió.

Raoul captó el olor.

Salió disparado con un rugido salvaje. Riley nos tenía tan frenéticos que bastó una mínima chispa para provocar la explosión. Los que estaban cerca de Raoul también percibieron el olor y, entonces, todos se pusieron como locos. La insistencia de Riley en aquella humana había opacado las demás instrucciones. Éramos cazadores, no un ejército. No había equipo. Era una carrera por la sangre.

Aun a sabiendas de que aquella historia estaba plagada de mentiras, yo no era capaz de resistirme del todo al olor. Corriendo, como iba, al final del grupo, tuve que atravesarlo. Fresco. Intenso. La humana había estado aquí de forma reciente, y qué dulce su olor. Me sentía fuerte gracias a toda la sangre que había bebido la noche anterior, pero daba igual. Estaba sedienta. Me quemaba.

Corrí detrás de los demás e intenté mantener la cabeza despejada. Eso era todo lo que podía hacer para contenerme un poco: quedarme detrás de los demás. El más cercano a mí era Riley. ¿Estaría él… conteniéndose también?

Gritaba órdenes, casi siempre repetía las mismas cosas.

—¡Kristie, rodéalos! ¡Vamos, rodéalos! ¡Divídanse! ¡Kristie, Jen! *¡Sepárense!* —todo su plan de la emboscada en dos flancos se estaba autodestruyendo ante nuestros ojos.

Riley aceleró hasta el grupo principal y agarró a Sara por el hombro. Ella soltó un exabrupto cuando él le propinó un empujón hacia la izquierda.

—¡Que se dividan! —gritó él.

Agarró al chico rubio cuyo nombre jamás averigüé y lo tiró contra Sara, a quien no le hizo feliz, según quedó patente. Kristie perdió la concentración en la caza el tiempo justo como para recordar que había de moverse estratégicamente. Lanzó una feroz mirada tras Raoul y comenzó a chillar a su equipo.

—¡Por aquí! ¡Más rápido! ¡Los agarramos por el flanco y llegaremos antes a ella! ¡Vamos!

—¡Voy en punta de lanza con Raoul! —le gritó Riley, que se daba la vuelta.

Vacilé, aunque seguía avanzando a la carrera. No deseaba formar parte de ninguna "punta de lanza", pero en el equipo de Kristie ya se estaban revolviendo todos contra todos. Sara tenía al chico rubio sujeto por la cabeza en una llave. El sonido que se produjo cuando le arrancó la cabeza tomó la decisión por mí. Salí a toda prisa detrás de Riley mientras me preguntaba si Sara se detendría a quemar al chico al que le gustaba hacer de Spiderman.

Me acerqué lo justo como para ver a Riley por delante y le seguí a cierta distancia hasta que llegó al equipo de Raoul. El olor hacía que me resultara más difícil mantener la cabeza puesta en las cosas que importaban.

—¡Raoul! —vociferó Riley. Raoul gruñó sin darse la vuelta. Estaba totalmente sumergido en aquel olor tan dulce—. ¡Tengo que ayudar a Kristie! ¡Nos encontraremos allí! ¡Mantén la concentración!

Me detuve en seco, congelada por la incertidumbre.

Raoul siguió adelante sin señal alguna de respuesta a las palabras de Riley, quien redujo su marcha primero a un trote y continuó caminando. Me tenía que haber apartado, pero él seguramente me habría oído al intentar esconderme. Se volvió con una sonrisa en el rostro y me vio.

—Bree, pensé que estabas con Kristie...

No respondí.

—Me enteré de que alguien está herido, Kristie me necesita más que Raoul —se apresuró a explicarme.

—¿Nos estás... abandonando?

El rostro de Riley cambió. Era como si pudiese ver sus cambios de táctica escritos en sus facciones. Abrió mucho los ojos, de repente inquieto.

—Estoy preocupado, Bree. Les conté que *ella* venía a encontrarse con nosotros, a ayudarnos, pero no me crucé con su rastro. Algo va mal, tengo que encontrarla.

—Pero no hay modo de que la puedas encontrar antes de que Raoul llegue hasta los de los ojos amarillos —señalé.

—Tengo que averiguar qué está pasando —sonaba realmente desesperado—. La necesito. ¡Se suponía que yo no iba a hacer esto solo!

—Pero los demás…

—¡Bree, tengo que irme a buscarla! ¡Ahora! Son suficientes para arrasar al clan de los ojos amarillos. Volveré tan pronto como pueda.

Qué sincero sonaba. Indecisa, observé el trayecto que habíamos recorrido. A estas alturas, Fred ya estaría a medio camino de Vancouver. Riley ni siquiera me había preguntado por él. Quizá el talento de Fred aún le hiciera efecto.

—Diego está allá abajo —se apresuró a decir Riley—. Tomará parte en el primer ataque. ¿No captaste su olor allí atrás? ¿No te acercaste lo suficiente?

Absolutamente confundida, hice un gesto negativo con la cabeza.

—¿Diego estaba allí?

—Ahora estará con Raoul. Si te das prisa, puedes ayudarle a salir vivo.

Nos miramos fijamente el uno al otro durante un largo segundo. A continuación miré al sur, tras la senda de Raoul.

—¡Lo estás haciendo muy bien! —dijo Riley—. Yo voy a buscarla a *ella* y volveremos para ayudarles en la limpieza. ¡Ya lo tienen, chicos! ¡Para cuando llegues podría haber acabado todo!

Salió disparado en una dirección perpendicular a nuestra senda original. Apreté los dientes al ver qué seguro estaba de su dirección. Mentiroso hasta el final.

Pero no pareció que me quedase ninguna otra opción. Me dirigí al sur en otra carrera frenética. Tenía que ir por Diego. Llevármelo a rastras si era necesario. Podíamos alcanzar a Fred. O largarnos por nuestro lado. Teníamos que huir. Le contaría a Diego cómo había mentido Riley. Él vería que Riley no tenía intención de ayudarnos a combatir en una batalla que él mismo había preparado. No había razón alguna para seguir ayudándolo.

Encontré el rastro de la humana y después el de Raoul. No percibí el de Diego. ¿Iba demasiado rápido? ¿O era que el olor humano me estaba dominando? La mitad de mi cabeza se sumergía absorta en aquella caza que era tan extrañamente perjudicial, porque encontraríamos sin duda a la chica, pero ¿estaríamos en situación de luchar juntos cuando lo hiciéramos? No, nos descuartizaríamos unos a otros por conseguirla.

Entonces oí que más adelante estallaban los rugidos, los gritos y los aullidos y supe que se estaba produciendo un combate y que era tarde para llegar allí antes que Diego. Lo que hice fue correr más rápido. Tal vez aún pudiera salvarlo.

Olí el humo que el viento traía hasta mí: el dulce y denso olor de los vampiros al quemarse. El volumen del caos aumentó. Quizá estaba a punto de acabar. ¿Me encontraría con nuestro aquelarre victorioso y con Diego esperándome?

Atravesé disparada una densa barrera de humo y me encontré fuera del bosque, en una enorme pradera cubierta de hierba. Salté por encima de una roca y sólo en el instante en que pasé volando sobre ella me di cuenta de que se trataba de un torso decapitado.

Mis ojos recorrieron la pradera. Había restos de vampiros por doquier y una inmensa hoguera de la que ascendía un humo de color violeta al cielo soleado. Una vez fuera del banco neblinoso, pude ver unos cuerpos brillantes, deslumbrantes, que se lanzaban y forcejeaban mientras el sonido del descuartizamiento de los vampiros proseguía sin cesar.

Buscaba una sola cosa: el pelo negro y rizado de Diego, ninguno de los que había podido distinguir tenía el pelo tan oscuro. Había un vampiro enorme con el pelo castaño, pero era demasiado grande, y justo cuando lo distinguí, vi cómo le arrancaba la cabeza a Kevin y la lanzaba al fuego antes de abalanzarse sobre la espalda de algún otro. ¿Era Jen? Había uno más con el pelo lacio y negro, pero era demasiado pequeño para tratarse de Diego. Se movía tan rápido que ni siquiera pude ver si era un chico o una chica.

Volví a otear con rapidez, con la sensación de hallarme terriblemente expuesta. Reparé en los rostros. Había muy pocos vampiros allí, contando incluso a los que habían caído. No vi a nadie del grupo de Kristie. Ya tenía que haber ardido un montón de vampiros. Casi todos los que aún quedaban en pie eran desconocidos. Uno rubio se volvió hacia mí, nuestras miradas se cruzaron y sus ojos despidieron un brillo dorado a la luz del sol.

Íbamos perdiendo. Mal asunto.

Comencé a retroceder hacia los árboles, pero no lo suficientemente rápido porque seguía buscando a Diego. No estaba allí. No había señal alguna de que hubiera estado jamás allí. Ni rastro de su olor, aunque podía distinguir el de la mayoría de los miembros del equipo de Raoul y el de muchos desconocidos. Me obligué a mirar también entre los restos. Ninguno de aquellos miembros pertenecía a Diego. Habría reconocido un simple dedo.

Me volví y corrí de verdad hacia los árboles con la súbita certeza de que la presencia de Diego allí no era más que otra de las mentiras de Riley.

Y si Diego no estaba allí, es que ya estaba muerto. Aquella pieza encajó con tanta facilidad que pensé que ya debía de saber la verdad hacía tiempo. Desde el momento en que Diego no entró detrás de Riley por la puerta del sótano. Él ya se había ido.

Me había adentrado unos pocos metros entre los árboles cuando una fuerza demoledora me golpeó por la espalda y me tiró al suelo. Un brazo se deslizó bajo mi barbilla.

—¡Por favor! —sollocé. Lo que quería decir era "por favor, mátame rápido".

El brazo se mostró indeciso, y no opuse resistencia por mucho que mis instintos me empujaran a morder, desgarrar y descuartizar a mi enemigo. La parte más sensata de mí me decía que eso no iba a funcionar. Riley también nos había mentido acerca de estos vampiros débiles y ancianos, y nosotros jamás tuvimos una oportunidad. Aunque por mucha posibilidad que yo hubiera tenido de vencer a éste, tampoco habría sido capaz de moverme. Diego se había ido, y aquel hecho cegador había exterminado mi capacidad de lucha.

De repente volaba por los aires. Me estrellé contra un árbol y caí al suelo. Tenía que haber intentado huir, pero Diego había muerto. No podía evadirme de aquello.

El vampiro rubio del claro no me quitaba el ojo de encima, con el cuerpo listo para saltar. Parecía muy capacitado, con una experiencia muy superior a la de Riley. Pero no arremetía contra mí. No estaba enloquecido como Raoul o Kristie. Se encontraba totalmente bajo control.

—Por favor —volví a decir con el deseo de que acabara de una vez con aquello—. No quiero luchar.

Aunque permanecía en guardia, su rostro cambió. Me miró de una forma que yo no terminaba de comprender. Había una gran consciencia en aquel semblante, y algo más. ¿Empatía? Pena, al menos.

—Yo tampoco, niña —dijo en un tono de voz tranquilo y amable—. Sólo nos estamos defendiendo.

Había tanta honestidad en aquellos extraños ojos amarillos que me pregunté cómo había podido creer jamás los cuentos de Riley. Me sentí... culpable. Tal vez este aquelarre jamás hubiese planeado atacarnos en Seattle. ¿Cómo podía fiarme de nada de lo que me habían contado?

—No lo sabíamos —me expliqué, hasta cierto punto avergonzada—. Riley mintió. Lo siento.

Se quedó escuchando por un instante, y me percaté de que el campo de batalla estaba en silencio. Se había acabado.

De haberme quedado alguna duda acerca de quién era el vencedor, ésta se habría disipado cuando, un segundo después, una mujer vampiro con el pelo castaño y ondulado y los ojos amarillos se apresuró a llegar junto a él.

—¿Carlisle? —preguntó con voz confundida y la mirada fija en mí.

—No quiere luchar —le dijo a la mujer.

Ella le tocó el brazo. Se encontraba aún en tensión, listo para abalanzarse.

—Está aterrorizada, Carlisle. ¿No podríamos nosotros…?

El rubio, Carlisle, le devolvió la mirada y entonces se irguió un poco, aunque yo aún lo veía cauteloso.

—No tenemos ningún deseo de hacerte daño —me dijo la mujer. Su voz era suave, tranquilizadora—. No queríamos luchar con ninguno de ustedes.

—Lo siento —susurré otra vez.

No era capaz de hallarle el sentido al barullo que tenía en la cabeza. Diego había muerto, y eso era lo principal, algo devastador. Más allá de eso, el combate había concluido, mi aquelarre había sido derrotado y mis enemigos eran los vencedores. Pero mi exterminado aquelarre estaba lleno de gente a quien le habría encantado ver cómo ardía, y mis enemigos me hablaban con amabilidad cuando no tenían por qué hacerlo. Incluso me sentía más segura con estos dos extraños de lo que jamás me había sentido con Raoul y con Kristie. Me proporcionaba alivio saber que estaban muertos. Qué confuso era todo.

—Niña —dijo Carlisle —, ¿te rendirías a nosotros? Si no intentas hacernos daño, te prometemos que tampoco te lo haremos nosotros a ti.

Y yo le creía.

—Sí —susurré—. Sí, me rindo. No quiero herir a nadie.

Extendió su mano de un modo alentador.

—Ven, pequeña. Reagruparemos a nuestra familia en un momento, luego tendremos algunas preguntas que hacerte. Si respondes con honestidad, no tendrás nada que temer.

Me puse en pie lentamente, sin hacer ningún movimiento que se pudiera considerar amenazador.

—¿Carlisle? —dijo a voces una voz masculina.

Y entonces se unió a nosotros otro vampiro con los ojos amarillos. En cuanto lo vi, se desvaneció cualquier tipo de seguridad que había sentido con aquellos extraños.

Era rubio, como el primero, pero más alto y delgado. Tenía la piel totalmente cubierta de cicatrices, menos espaciadas en la zona del cuello y de la mandíbula. Algunas de las marcas pequeñas que tenía en el brazo eran recientes, pero las demás no eran de la refriega de hoy. Había estado en más combates de los que me podía imaginar y nunca había perdido. Sus ojos color miel refulgieron y su postura rezumó la violencia apenas contenida de un león furioso.

En cuanto me vio, se encorvó para saltar.

—¡Jasper! —le advirtió Carlisle.

Jasper se irguió un tanto y clavó en Carlisle sus ojos exageradamente abiertos.

—¿Qué está pasando aquí?

—No quiere luchar, se ha rendido.

El vampiro de las cicatrices frunció el ceño, y sentí una repentina e inesperada ola de frustración a pesar de no tener ni idea de qué era lo que me frustraba.

—Carlisle, yo... —vaciló Jasper, y prosiguió—. Lo siento, pero eso no es posible. No podemos permitir que los Vulturis nos relacionen con ninguno de estos neófitos cuando lleguen. ¿Te das cuenta del riesgo que eso supondría para nosotros?

No comprendía con exactitud lo que decía, pero capté lo suficiente. Quería matarme.

—Jasper, es sólo una niña —protestó la mujer—. ¡No podemos matarla a sangre fría, sin más!

Resultaba extraño oírla hablar como si ambas fuéramos humanas, como si el asesinato fuera algo malo, algo evitable.

—Esme, lo que está en peligro aquí es nuestra familia. No podemos permitirnos el lujo de hacerles pensar que rompimos esta norma.

La mujer, Esme, caminó hasta situarse entre el que quería matarme y yo. De un modo inaudito, me dio la espalda.

—No. No lo consentiré.

Carlisle me lanzó una mirada inquieta. Noté que aquella mujer le importaba muchísimo. Yo habría mirado igual a cualquiera que se hallara a la espalda de Diego. Intenté mostrarme tan dócil como me sentía.

—Jasper, creo que tenemos que arriesgarnos —dijo Carlisle con lentitud—. Nosotros no somos los Vulturis. Seguimos sus normas, pero no disponemos de las vidas de los demás a la ligera. Nos explicaremos.

—Podrían pensar que creamos a nuestros propios neófitos para defendernos.

—Pero no creamos a nadie. Y aun así, de haberlo hecho, aquí no se ha producido ninguna indiscreción, sólo en Seattle. No hay ninguna ley contra la creación de vampiros siempre que los controles.

—Es demasiado peligroso.

Carlisle tocó a Jasper en el hombro para tantearlo.

—Jasper, no podemos matar a esta niña.

Jasper le puso mala cara al hombre de la mirada amable y, de repente, sentí que me enfadaba. Él no iba a hacer daño al vampiro agradable ni a la mujer que amaba, sin duda. Suspiró, y supe que todo iba bien. Mi ira se esfumó.

—No me gusta esto —dijo, pero ya estaba más calmado—. Dejen al menos que yo me haga cargo de ella. Ustedes dos no saben cómo manejar a alguien que ha estado tanto tiempo fuera de control.

—Por supuesto, Jasper —dijo la mujer—. Pero sé amable.

Jasper puso los ojos en blanco.

—Tenemos que unirnos a los demás. Alice dijo que no disponemos de mucho tiempo.

Carlisle asintió, le ofreció su mano a Esme, se dirigieron de vuelta al claro y dejaron atrás a Jasper.

—Eh, tú —me dijo Jasper, de nuevo con mala cara—. Ven con nosotros. No hagas un movimiento en falso o acabo contigo.

Volví a sentir ira cuando me fulminó con la mirada, y una pequeña parte de mí quiso rugirle y enseñarle los dientes, pero sentí que ésa era justo la excusa que él estaba buscando.

Jasper se detuvo, como si se le acabara de ocurrir algo.

—Cierra los ojos —me ordenó. Yo vacilé. ¿Había decidido matarme después de todo?—. ¡Hazlo!

Apreté los dientes y cerré los ojos. Me sentí el doble de indefensa que antes.

—Sigue el sonido de mi voz y no abras los ojos. Ábrelos y estás perdida, ¿me entiendes?

Asentí y me pregunté qué sería lo que no quería que viera. Sentí un cierto alivio de que se preocupara por proteger un secreto. No había razón para hacerlo si es que me iba a matar sin más.

—Por aquí.

Fui caminando lentamente detrás de él, con cuidado de no proporcionarle excusas. Fue considerado en la forma en que me guió; por lo menos no hizo que me diera contra un árbol. Percibí cómo cambió el sonido cuando salimos a cielo abierto; la sensación del viento era también distinta, y el olor de mi aquelarre que se quemaba era más fuerte. Podía sentir el calor del sol en la cara, y el interior de mis párpados se volvió más luminoso cuando empecé a brillar.

Me condujo cada vez más cerca del amortiguado crepitar de las llamas, tan cerca que pude sentir cómo el humo acariciaba mi piel. Estaba consciente de que me podía haber matado en cualquier momento, pero la proximidad del fuego seguía poniéndome nerviosa.

—Siéntate aquí. Los ojos cerrados.

El suelo estaba templado por el sol y el fuego. Me quedé muy quieta e intenté concentrarme en parecer inofensiva, pero sentía su fulminante mirada sobre mí y eso me inquietaba. Aunque no odiaba a aquellos vampiros —de verdad creía que se estaban defendiendo—, sentí unos extrañísimos indicios de ira. La sentía prácticamente fuera de mí, como si se tratara de algún eco remanente del combate que acababa de tener lugar.

No obstante, la ira no hizo que me volviera estúpida, porque estaba demasiado triste, afligida en lo más hondo de mi ser. Diego estaba siempre en mis pensamientos, y no podía dejar de pensar en cómo habría muerto.

Tenía la certeza de que era imposible que Diego le hubiera contado a Riley de forma voluntaria nuestros secretos: unos secretos que me habían dado motivos para confiar en Riley... hasta que ya fue demasiado tarde. Volví a ver el rostro de Riley en mi imaginación, aquella expresión fría, suave, que había adoptado cuando nos amenazó con castigar a aquel que no se comportara. Volví a oír su macabra y curiosamente detallada descripción: "Cuando los lleve ante ella y los sujete mientras les arranca las piernas y después, despacio, muy despacio, les quema los dedos de las manos, las orejas, los labios, la lengua y cualquier otro apéndice superficial uno por uno".

Ahora me daba cuenta de que había estado escuchando la descripción de la muerte de Diego.

Aquella noche había tenido la certeza de que algo había cambiado en Riley. Matar a Diego fue lo que cambió a Riley, lo endureció. Sólo creía una de las cosas que Riley había contado: él valoraba a Diego mucho más que a ninguno de nosotros. Incluso lo apreciaba. Y aun así presenció cómo nuestra creadora lo torturaba. Riley sin duda había colaborado, había matado a Diego junto con ella.

Me pregunté cuánto dolor sería necesario para lograr que yo traicionara a Diego. Me imagine que haría falta mucho. Y tuve la seguridad de que había hecho falta la misma cantidad, como mínimo, para lograr que Diego me traicionara a mí.

Sentí náuseas. Deseaba quitarme de la cabeza la imagen de Diego agonizando entre gritos, pero no desaparecía.

Y entonces se produjo un griterío en el claro.

Mis párpados titubearon, pero Jasper me gruñó furioso, y los apreté de golpe. No había visto nada excepto el denso humo de color azul lavanda.

Oí gritos y un aullido extraño, salvaje. Sonó muy alto. A continuación se oyeron muchos más. No fui capaz de imaginar cómo había de contorsionarse un rostro para generar tal ruido, y el desconocimiento hacía del sonido algo más aterrador. Aquel clan de los ojos amarillos era muy diferente de todos nosotros. O *de mí,* supongo, ya que era la única que quedaba. A estas alturas, ya hacía rato que Riley y nuestra creadora habían echado a volar.

Oí cómo llamaban a gritos a algunos nombres: *Jacob, Leah, Sam.* Había una gran cantidad de voces distintas, a pesar de que los aullidos proseguían. Estaba claro que Riley también nos había mentido acerca del número de vampiros que había allí.

El sonido de los aullidos fue disminuyendo hasta convertirse en sólo una voz, un alarido inhumano y agónico que me hacía apretar los dientes. Pude ver con claridad el rostro de Diego en mi imaginación, y el sonido era como si él gritara.

Oí la voz de Carlisle que hablaba por encima de las demás voces y del aullido. Rogaba que le dejaran ver algo.

—Por favor, déjenme echar un vistazo. Déjenme ayudarlos, por favor.

No oí que nadie discutiera con él, pero por alguna razón, el tono de su voz daba a entender que tenía las de perder en la disputa.

Y entonces el alarido alcanzó un nuevo nivel de estridencia, y Carlisle dijo un repentino *gracias* en una voz cargada de sentimiento. Detrás del alarido se oía mucho movimiento, el de muchos cuerpos. Muchos pasos corpulentos que se acercaban.

Escuché con mayor atención y oí algo inesperado e imposible. Junto con una respiración muy profunda —y en mi aquelarre nunca había oído a nadie respirar así—, el sonido de docenas de martilleos pronunciados. Casi como… los latidos de un corazón; aunque no un corazón humano, sin duda. Conocía muy bien ese sonido en particular. Me esforcé en olisquear, pero el viento soplaba en la dirección opuesta, y sólo pude percibir el humo.

Sin el previo aviso de ningún sonido, algo me tocó y me presionó con fuerza a ambos lados de la cabeza.

Abrí los ojos presa del pánico al tiempo que sacudía la cabeza hacia arriba en un intento por zafarme de la sujeción, y de inmediato me encontré con la mirada de advertencia de Jasper, a cinco centímetros de mi cara.

—Basta —me dijo con brusquedad y de un empujón me volvió a sentar en el suelo. Sólo podía oírlo a él y me di cuenta de que eran sus manos las que me estaban presionando con fuerza la cabeza, me tapaban los oídos por completo—. Cierra los ojos —me volvió a ordenar, probablemente a un volumen normal, pero para mí no fue más que un susurro.

Me esforcé en calmarme y en volver a cerrar los ojos. Había cosas que tampoco querían que oyera. Podía vivir con eso, si es que significaba que podría vivir.

Vi por un instante el rostro de Fred contra mis párpados. Dijo que me iba a esperar un día. Me preguntaba si mantendría su palabra. Ojalá hubiera podido contarle la verdad sobre el clan de los ojos amarillos y cuánto más parecía haber allí que nosotros desconocíamos. Todo un mundo del que nada sabíamos, en realidad.

Qué interesante sería explorar ese mundo, en particular con alguien que me podía hacer invisible y ponerme a salvo.

Pero Diego se había ido, no vendría conmigo a buscar a Fred. Eso hacía que imaginarme el futuro me resultara casi repugnante.

Aún podía oír algo de lo que estaba pasando, pero sólo los aullidos y unas pocas voces. Fueran lo que fuesen aquellos martilleos extraños, estaban ahora demasiado amortiguados como para que los pudiera examinar.

Unos pocos minutos más tarde, distinguí algunas palabras, cuando Carlisle dijo:

—Tienen que… —por un instante bajó demasiado la voz, y después—… de aquí en adelante. Si pudiéramos, los ayudaríamos, pero no podemos marcharnos.

Se produjo un gruñido, aunque, por extraño que pareciese, no era amenazador. El alarido se convirtió en un quejido lejano y desapareció lentamente, como si se estuviera alejando de mí.

Luego vino el silencio durante unos pocos minutos. Oí unas cuantas voces muy bajas, Carlisle y Esme entre ellas, y también otras que no conocía. Ojalá fuera capaz de oler algo. La combinación de estar a ciegas con el sonido amortiguado me tenía en un esfuerzo por conseguir alguna información procedente de mis sentidos, pero todo cuanto podía oler era el horrible dulzor del humo.

Hubo una voz, más aguda y más clara que las demás, que pude oír casi con facilidad.

—Otros cinco minutos —oí decir a quienquiera que fuese, pero estaba segura de que se trataba de una chica—. Bella abrirá los ojos dentro de treinta y siete segundos. No tengo duda alguna de que ya nos escucha.

Intenté comprenderlo. ¿Estaban obligando a alguien más a mantener los ojos cerrados? ¿Creía ella que yo me llamaba Bella? No le había dicho a nadie cómo me llamaba. Volví a hacer un esfuerzo por oler *algo*.

Más murmullos. Pensé que una voz sonó fuera de tono, pero no pude reconocerla en absoluto. De todas formas, no podía estar segura con las manos de Jasper tan afianzadas sobre mis oídos.

—Tres minutos —dijo la voz aguda y clara.

Jasper apartó las manos de mis oídos.

—Será mejor que abras los ojos —me dijo desde unos pasos de distancia. Me asustó el modo en que pronunció esas palabras. Miré rápidamente a mi alrededor en busca del peligro que se adivinaba en su voz.

Todo mi campo de visión estaba obstaculizado por el humo oscuro. Jasper fruncía el ceño muy cerca de mí. Apretaba los dientes y me observaba con una expresión casi… aterrorizada. No como si me tuviera miedo a mí, sino como si tuviese miedo *debido* a mí. Me acordé de lo que él había dicho antes, aquello de que yo los pondría en peligro con algo llamado Vulturis. Me pregunté qué serían estos Vulturis. No era capaz de imaginarme nada por lo que este vampiro, peligroso y lleno de cicatrices, tuviera miedo.

Detrás de Jasper, cuatro vampiros se distribuían en una línea irregular, dándome la espalda. Una era Esme, con ella había una mujer alta y rubia, una chica menuda con el pelo negro y un vampiro con el pelo oscuro, tan grande que daba miedo sólo de mirarlo; era el mismo a quien yo había visto matar a Kevin. Me imaginé por un momento a aquel vampiro agarrando a Raoul. Resultaba una imagen extrañamente agradable.

Había otros tres vampiros detrás del corpulento, pero, con él en medio, no podía ver con claridad lo que hacían. Carlisle se encontraba de rodillas en el suelo y, junto a él, había otro con el pelo rojizo y oscuro. Había otra silueta tumbada en el suelo, pero no podía ver mucho de ésta, sólo unos *jeans* y unas pequeñas botas marrones. O bien se trataba de una chica, o bien de un muchacho joven. Me pregunté si estarían recomponiendo a aquel vampiro.

De manera que había un total de ocho con los ojos amarillos, además de todos aquellos aullidos de antes, hubieran sido el extraño tipo de vampiros que fueran; había percibido ocho voces diferentes más. Dieciséis, tal vez más. Más del doble de lo que Riley nos había dicho que nos encontraríamos.

Me sorprendí a mí misma con el fiero deseo de que aquellos vampiros de las capas oscuras atraparan a Riley y lo hicieran *sufrir*.

El vampiro del suelo comenzó a ponerse lentamente en pie; se movía sin elegancia ninguna, casi como si fuera un torpe humano.

La brisa cambió y sopló de tal forma que el humo nos envolvió a Jasper y a mí. Por un momento, todo fue invisible excepto él. Aunque ya no estaba tan a ciegas como antes, por alguna razón, de pronto me sentí mucho más inquieta. Fue como si pudiera sentir la ansiedad que emanaba del vampiro que estaba a mi lado.

En un segundo volvió a cambiar la ráfaga leve de viento y pude ver y oler todo.

Jasper me siseó furioso y me empujó de nuevo para tirarme al suelo de mi postura en cuclillas.

Era ella... La humana a la que había ido a cazar apenas unos minutos antes. El olor en el que todo mi cuerpo se había concentrado. El dulce y húmedo olor de la sangre más deliciosa que jamás había rastreado. Era como si me ardieran la boca y la garganta.

Intenté aferrarme como pude a mi racionalidad —concentrarme en que Jasper estaba ahí esperando a que volviera a saltar para poder matarme—, pero sólo una parte de mí era capaz de hacerlo. Al intentar quedarme en el sitio me sentía como si estuviera a punto de partirme por la mitad.

La humana de nombre Bella me miró fijamente con unos aturdidos ojos pardos. Mirarla hizo que empeorara. A través de su fina piel podía ver cómo fluía su sangre. Intenté mirar a cualquier otro sitio, pero mis ojos acababan girando para regresar a ella. El pelirrojo se dirigió a ella en un tono muy bajo de voz.

—Se rindió. Nunca antes había visto algo parecido. Sólo a Carlisle se le ocurriría la oferta. Jasper no lo aprueba.

Carlisle se lo tuvo que haber contado cuando yo tenía los oídos tapados.

Aquel vampiro rodeaba a la chica humana con ambos brazos, y ella tenía las dos manos apretadas contra el pecho de él y la garganta a escasos centímetros de su boca, pero no parecía tenerle nada de miedo. Y él tampoco tenía aspecto de estar de caza. Había intentado hacerme a la idea de un aquelarre que apreciara a un humano, pero esto ni siquiera se acercaba a lo que yo había imaginado. De haber sido ella un vampiro, habría dado por sentado que estaban juntos.

—¿Le pasa algo a Jasper? —susurró la humana.

—Está bien, pero le quema el veneno —contestó el vampiro.

—¿Lo mordieron? —preguntó, como si le horrorizara la idea.

¿Quién era esa chica? ¿Por qué le permitían los vampiros estar con ellos? ¿Por qué no la habían matado aún? Era como si formara parte de este mundo y, sin embargo, no entendía su realidad. Por supuesto que habían mordido a Jasper. Acababa de combatir —y de destruir— a todo mi aquelarre. ¿Sabría esta chica siquiera lo que éramos?

¡Agh, el ardor en mi garganta era insoportable! Intenté no pensar en aplacarlo con su sangre, ¡pero el viento me traía su olor directo a la cara! Era demasiado tarde para no perder la cabeza: había olido a la presa que estaba rastreando, y ya nada podía cambiar eso.

—Pretendía estar en todas partes al mismo tiempo —le dijo el pelirrojo a la humana—, sobre todo para asegurarse de que Alice no tenía nada que hacer —hizo un gesto negativo con la cabeza al tiempo que miraba a la chica menuda del pelo negro—. Ella no necesita la ayuda de nadie.

La vampira llamada Alice lanzó una mirada a Jasper.

—Tonto sobreprotector —le dijo con su tono agudo y claro de voz. Jasper le devolvió la mirada con una media sonrisa y el aspecto de haberse olvidado de mi existencia por un segundo.

Apenas era capaz de combatir el instinto que quería que utilizara ese lapsus y me abalanzara sobre la chica humana. Sería cuestión de menos de un instante y su cálida sangre —sangre que podía oír cómo bombeaba su corazón— aplacaría el ardor. Estaba tan *cerca*...

El vampiro con el pelo rojizo y oscuro lanzó sus ojos sobre los míos con un aviso feroz en la mirada, y estaba consciente de que moriría si me lanzaba por la chica, pero la agonía que dominaba mi garganta ya me hacía sentir que moriría si no lo hacía. Me dolía tanto que solté un aullido de frustración.

Jasper me gruñó, e intenté no moverme a pesar de que me sentía como si el olor de aquella sangre fuera una mano gigantesca que tirara de mí y me levantara del suelo. Jamás había intentado evitar alimentarme una vez entregada a una caza. Escarbé con las manos en el suelo en busca de algo a lo que agarrarme, pero no encontré nada. Jasper se apostó en guardia y, aun consciente de hallarme a dos segundos de la muerte, no me veía capaz de canalizar mis pensamientos dominados por la sed.

Y entonces Carlisle apareció allí, con la mano sobre el hombro de Jasper. Me miró con sus ojos amables, tranquilos.

—¿Cambiaste de parecer, jovencita? —me preguntó—. No tenemos especial interés en acabar contigo, pero lo haremos si no eres capaz de controlarte.

—¿Cómo pueden soportarlo? —le pregunté casi en tono de súplica. ¿Es que él no sentía aquel ardor?—. La *quiero* —la miré fijamente en el desesperado deseo de que se desvaneciera la distancia entre nosotras. Arañé inútilmente el suelo rocoso con los dedos.

—Has de refrenarte —dijo Carlisle con solemnidad—. Debes ejercitar tu autocontrol. Es posible, y es lo único que puede salvarte ahora.

Si ser capaz de tolerar a la humana del modo en que lo hacían estos vampiros extraños era mi única esperanza de sobrevivir, entonces ya estaba condenada. No podía aguantar el fuego. Y de todas formas, en lo referente a la supervivencia, mi mente estaba dividida. No quería morir, no deseaba el dolor, pero ¿qué sentido tenía vivir? Todos los demás habían muerto. Diego llevaba días muerto.

Tenía su nombre en la punta de la lengua. Mis labios casi lo pronunciaron en voz alta. En cambio, mis manos se aferraron a mi cabeza e intenté pensar en algo que no me doliera. Ni en la chica ni en Diego. No funcionó demasiado bien.

—¿No deberíamos alejarnos de ella? —susurró la humana, y me desconcentró. Mis ojos se volvieron a clavar en Bella. Qué fina y tersa era su piel. Podía verle el pulso en el cuello.

—Tenemos que permanecer aquí —dijo el vampiro del que estaba colgada la chica—. *Ellos* están a punto de entrar en el claro por el lado norte.

¿Ellos? Miré al norte, pero no había nada allí excepto humo. ¿Se refería a Riley y a mi creadora? Sentí un nuevo escalofrío de pánico seguido de un pequeño vuelco de esperanza. No había forma de que ni ella ni Riley se pusieran en contra de estos vampiros que habían matado a tantos de nosotros, ¿o sí? Aunque se hubieran marchado los de los aullidos, Jasper parecía bastarse él solo para enfrentarse a ellos dos.

¿O se refería a los misteriosos Vulturis?

El viento volvió a traer el olor de la chica hacia mi rostro, y mis pensamientos se dispersaron. La observé, sedienta.

La chica me sostuvo la mirada, pero su expresión fue muy distinta de como tenía que haber sido. A pesar de sentir que tenía el labio retraído sobre los dientes, a pesar de que estaba temblando por el esfuerzo de reprimirme y no lanzarme sobre ella, la humana parecía no tenerme miedo. Por el contrario, parecía fascinada. Tenía prácticamente el aspecto de querer hablar conmigo: como si tuviera una pregunta que deseara que le respondiera.

Carlisle y Jasper comenzaron entonces a apartarse del fuego —y de mí— y a cerrar filas con los demás y con la humana. Todos ellos parecían estar mirando más allá del humo, de manera que, fuera lo que fuese lo que los asustaba, se encontraba más cerca de mí que de ellos. Me aproximé más al humo a pesar de las llamas cercanas. ¿Debería salir corriendo? ¿Estaban lo suficientemente distraídos como para que me pudiese escapar? ¿Dónde iría? ¿A buscar a Fred? ¿Por mi cuenta? ¿A buscar a Riley y a hacerle pagar por lo que le había hecho a Diego?

Mientras yo vacilaba bajo el efecto hipnótico de aquella última idea, el momento pasó. Oí movimiento al norte y vi que estaba atrapada entre el clan de los ojos amarillos y lo que fuera que se acercara.

—Ajá —dijo una voz carente de inflexión desde detrás del humo.

Bastó esa única palabra para que supiese quién era sin posibilidad de error y, de no haberme quedado petrificada, congelada por el terror inconsciente, habría salido corriendo.

Eran los encapuchados.

¿Qué significaba aquello? ¿Iba a estallar otra guerra? Sabía que los vampiros de las capas oscuras deseaban el éxito de mi creadora a la hora de destruir al clan de los ojos amarillos. Estaba claro que mi creadora había fracasado. ¿Significaba eso que la matarían? ¿O matarían en cambio a Carlisle, a Esme y a los demás presentes? De haber dependido de mí la decisión, tenía muy claro a quién querría ver muerta, y no era a mis captores precisamente.

Los vampiros de las capas oscuras atravesaron el vapor de un modo fantasmal para quedarse frente al clan de los ojos amarillos. Ninguno de ellos volvió la mirada hacia mí. Permanecí absolutamente inmóvil.

Eran sólo cuatro, como la última vez, pero no suponía una gran diferencia que los vampiros de los ojos amarillos fueran siete. Estaba claro que éstos recelaban de los encapuchados tanto como Riley y mi creadora. Había mucho más debajo de aquellas capas de lo que veían mis ojos, pero sin duda podía *sentirlo*. Éstos eran los verdugos y a ellos no se les derrotaba.

—Bienvenida, Jane —dijo el que abrazaba a la humana.

Se conocían, pero la voz del pelirrojo no era amistosa, aunque tampoco débil ni con las ansias de Riley de agradarles, ni con el terror furioso presente en la de mi creadora. Su voz era simplemente fría, educada y nada sorprendida. ¿Eran entonces estos de las capas oscuras los Vulturis?

La pequeña vampira que iba al frente del grupo de las túnicas —Jane, al parecer— examinó con pausa a los siete vampiros de los ojos amarillos y a la humana, y, finalmente, volvió la cabeza hacia mí. Por primera vez le vi la cara. Era más joven que yo, pero también mucho mayor, supuse. Sus ojos poseían el tono aterciopelado de las rosas de color burdeos. Consciente de que era demasiado tarde para pasar desapercibida, bajé la cabeza y me la cubrí con ambas manos. Tal vez, si quedara patente que no quería luchar, Jane me trataría como lo había hecho Carlisle. Aunque no albergaba muchas esperanzas.

—No lo comprendo —la anodina voz de Jane delató un ligero tinte de molestia.

—Se ha rendido —le explicó el pelirrojo.

—¿Rendido? —le preguntó Jane de forma brusca.

Levanté la vista y vi a los vampiros de las túnicas oscuras intercambiar miradas. El pelirrojo afirmó que nunca había visto a nadie rendirse. Quizá estos de las túnicas tampoco.

—Carlisle le dio esa opción —dijo el pelirrojo. Parecía ser el portavoz de los vampiros de los ojos amarillos, aunque pensé que Carlisle sería el líder del clan.

—No hay opciones para quienes quebrantan las reglas —dijo Jane con su voz carente de inflexión de nuevo.

Se me helaron los huesos, pero dejé de sentir pánico. Qué inevitable parecía todo ya.

Carlisle respondió a Jane en un tono de voz suave.

—Está en sus manos. No vi la necesidad de aniquilarla una vez que se mostró voluntariamente dispuesta a dejar de atacarnos. Nadie le ha enseñado las reglas.

Aunque sus palabras eran neutrales, llegué prácticamente a pensar que estaba intercediendo por mí. Pero, tal y como él mismo había dicho, mi destino no dependía de él.

—Eso es irrelevante —confirmó Jane.

—Como desees.

Jane se quedó mirando fijamente a Carlisle con un semblante que reflejaba confusión y frustración a partes iguales. Hizo un gesto negativo con la cabeza, y su rostro se tornó de nuevo inescrutable.

—Aro deseaba que llegáramos tan al poniente para verte, Carlisle —dijo Jane—. Te envía saludos.

—Les agradecería que le transmitieran a él los míos —respondió él.

Jane sonrió.

—Por supuesto —dijo y sus ojos se volvieron de nuevo hacia mí. Las comisuras de sus labios aún conservaban una ligera sonrisa—. Parece que hoy hicieron nuestro trabajo… Bueno, casi todo. Sólo por curiosidad profesional, ¿cuántos eran? Ocasionaron una buena oleada de destrucción en Seattle.

Hablaba de un trabajo y de cuestiones profesionales. Había acertado, el castigo era su profesión. Y si había alguien que ejecutaba el castigo, entonces tenía que haber normas. Carlisle había dicho antes: "seguimos sus normas", y también: "no hay ninguna ley contra la creación de vampiros siempre que los controles". Riley y mi creadora estaban asustados, pero no exactamente sorprendidos ante la llegada de los encapuchados, estos Vulturis. Eran conscientes de las leyes y sabían que las estaban quebrantando. ¿Por qué no nos lo habían dicho a nosotros? Y había más Vulturis aparte de estos cuatro, alguien que se llamaba Aro y es probable que muchos más. Tenía que haber muchos para que todo el mundo los temiera tanto.

Carlisle respondió a la pregunta de Jane.

—Dieciocho, contándola a ella.

Se produjo un murmullo apenas audible entre los cuatro vampiros de las capas oscuras.

—¿Dieciocho? —repitió Jane con un asomo de sorpresa en su voz. Nuestra creadora nunca le contó a Jane cuántos de nosotros había hecho. ¿Estaba Jane realmente sorprendida, o sólo lo estaba fingiendo?

—Todos recién salidos del horno —contestó Carlisle—. Ninguno estaba calificado.

Ni calificado ni informado, gracias a Riley. Empezaba a tener una idea de cómo nos veían estos vampiros tan mayores. *Neófita,* me había llamado Jasper. Recién nacida, como un bebé.

—¿Ninguno? —la voz de Jane se endureció—. Entonces, ¿quién los creó?

Como si no se conocieran ya. Esta Jane era una mentirosa aún mayor que Riley, y se le daba mucho mejor que a él.

—Se llamaba Victoria —respondió el pelirrojo.

¿Cómo podía él saberlo cuando ni siquiera yo lo sabía? Recordé que Riley nos había dicho que uno de ellos podía leer la mente. ¿Era así como se enteraban de todo? ¿O se trataba de otra de las mentiras de Riley?

—¿Se *llamaba?* —preguntó Jane.

El pelirrojo señaló en dirección oriente con un movimiento de la cabeza. Levanté la vista y vi una densa nube de humo de color lila que ascendía desde la ladera de la montaña.

Se llamaba. Sentí un placer similar al que me había producido imaginarme al vampiro corpulento descuartizando a Raoul. Sólo que mucho, mucho mayor.

—La tal Victoria… —preguntó Jane lentamente—. ¿Se cuenta aparte de estos dieciocho?

—Sí —le confirmó el pelirrojo—. Iba en compañía de otro vampiro, que no era tan joven como ésta de aquí, pero no tendría más de un año.

Riley. Mi inmenso placer se intensificó. Si yo moría… más bien, *cuando* muriera hoy, por lo menos no me quedaría ese cabo suelto. Diego había sido vengado. Casi esbocé una sonrisa.

—Veinte —susurró Jane. O bien aquello era más de lo que esperaba, o bien era toda una actriz—. ¿Quién acabó con la creadora?

—Yo —dijo el pelirrojo con frialdad.

Fuera quien fuese este vampiro, ya llevara consigo a su humana del alma o no, se contaba a partir de ahora entre mis mejores amigos. Aunque fuera él quien acabara matándome hoy, aún seguiría en deuda con él.

Jane se volvió hacia mí y me miró con los ojos entrecerrados.

—Eh, tú —me gruñó—, ¿cómo te llamas?

Según ella, yo ya estaba muerta, así que, ¿por qué iba a darle a esta embustera nada de lo que quisiera? Me limité a mirarla desafiante.

Jane me sonrió. La luminosa y alegre sonrisa de un niño inocente y, de forma súbita, sentí que me quemaba. Fue como si hubiera retrocedido en el tiempo hasta la peor noche de mi vida. El fuego recorría cada vena de mi cuerpo, se apoderaba de cada centímetro de mi piel, roía todos y cada uno de mis huesos hasta la médula. Era como si me hubieran enterrado viva en la pira funeraria de mi propio aquelarre, envuelta en llamas. Hasta la última célula de mi cuerpo refulgía en la peor agonía imaginable. El dolor en los oídos me impedía prácticamente oír mis propios gritos.

—¿Cómo te llamas? —volvió a preguntar Jane, y en cuanto habló, el fuego desapareció. Así, por las buenas, como si no hubieran sido más que imaginaciones mías.

—Bree —dije entre jadeos y tan rápido como pude, aunque el dolor ya no estaba presente.

Jane volvió a sonreír y el fuego se apoderó de todo. ¿Cuánto dolor sería necesario para causarme la muerte? Me pareció que los gritos ya no surgían de mi interior. ¿Por qué no me arrancaba nadie la cabeza? Carlisle tendría la amabilidad de hacerlo, ¿cierto? O quienquiera que fuese capaz de leer la mente entre ellos, ¿es que no podía entenderme y hacer que esto parara?

—Ella va a contarte todo lo que quieras saber —masculló el pelirrojo—. No es necesario que hagas eso.

El dolor se desvaneció de nuevo, como si Jane hubiera apagado un interruptor. Me vi con la cara en el suelo, jadeando como si me faltara el aire.

—Ya lo sé —oí decir a Jane alegremente—. ¿Bree? —me estremecí cuando pronunció mi nombre, pero el dolor no regresó—. ¿Es cierto eso, Bree? —me preguntó—. ¿Eran veinte?

Las palabras salieron veloces de mi boca.

—Diecinueve o veinte, quizá más, ¡no lo sé! Sara y otro cuyo nombre no conozco se enzarzaron en una pelea durante el camino…

Me quedé esperando a que el dolor me castigara de nuevo por no tener una respuesta mejor, pero en cambio, Jane continuó la conversación.

—Y esa tal Victoria… ¿fue ella quien los creó?

—Y yo qué sé —admití aterrorizada—. Riley nunca nos dijo su nombre y esa noche no vi nada… Estaba oscuro y dolía —sentí una convulsión—. Él no quería que pensáramos en ella. Nos dijo que nuestros pensamientos no eran seguros.

Jane lanzó una mirada al pelirrojo y volvió a clavar sus ojos en mí.

—Háblame de Riley —dijo Jane—. ¿Por qué los trajo aquí?

Recité las mentiras de Riley tan rápido como pude.

—Nos dijo que debíamos destruir a los raros esos de ojos amarillos. Según él, iba a ser pan comido. Nos explicó que la ciudad era suya y que iban a venir por nosotros. Toda la sangre sería nuestra en cuanto desaparecieran. Nos dio su olor —hice un gesto para señalar en la dirección de la humana—. Dijo que identificaríamos al aquelarre en cuestión gracias a ella, que estaría con ellos. Prometió ser para el primero que la tomara.

—Parece que Riley se equivocó en lo relativo a la facilidad —comentó Jane con tonillo de guasa.

A Jane parecía agradarle mi versión de la historia. En una chispa de intuición, comprendí que se había sentido aliviada de que Riley no me hubiera hablado a mí, ni a los demás, de su breve visita a nuestra creadora. Victoria. Ésta era la versión que Jane quería que llegara al clan de los ojos amarillos: la que no la implicaba a ella ni a los Vulturis estos con sus oscuras túnicas. Muy bien, yo le podía seguir el juego. Con un poco de suerte, el que pudiese leer la mente ya estaría al tanto de todo.

No me podía vengar físicamente de aquel monstruo, pero a través de mis pensamientos le podía contar todo a los vampiros de los ojos amarillos. Lo esperaba, al menos.

Asentí, admití la bromita de Jane y me incorporé, aún sentada, porque deseaba atraer la atención del que podía leer mis pensamientos, quienquiera que fuese. Proseguí con la versión de la historia que hubiera podido contar cualquier miembro de mi aquelarre. Fingí ser como Kevin, tener menos cerebro que un mosquito y no saber nada de nada.

—No sé qué ocurrió —esa parte era cierta. El caos en el campo de batalla seguía siendo un misterio. No había llegado a ver a nadie del grupo de Kristie. ¿Se los cargarían aquellos vampiros aulladores a quienes no me dejaron ver? Le guardaría aquel secreto al clan de los ojos amarillos—. Nos dividimos, pero los otros no volvieron. Riley nos abandonó, y no volvió para ayudarnos como había prometido. Luego, la pelea fue muy confusa y todos acabaron hechos pedazos —me estremeció el recuerdo del torso por encima del cual salté—. Tenía miedo y quería salir huyendo —hice un gesto para señalar a Carlisle—. Ése de ahí dijo que no me haría daño si dejaba de luchar.

Aquello no suponía traición alguna para Carlisle, él ya le había contado bastante a Jane.

—Ajá, pero no estaba en sus manos ofrecer tal cosa, jovencita —dijo Jane, que sonaba como si se estuviera regodeando—. Quebrantar las reglas tiene consecuencias.

Continué fingiendo ser como Kevin y me limité a mirarla fijamente, como si fuera demasiado estúpida para entenderlo. Jane se volvió hacia Carlisle.

—¿Están seguros de haber acabado con todos? ¿Dónde están los otros?

Carlisle asintió.

—También nosotros nos dividimos.

Así que fueron los aulladores quienes acabaron con Kristie. Albergué la esperanza de que, fueran lo que fuesen, aquellos aulladores resultaran realmente aterradores. Kristie se lo merecía.

—No he de ocultar que estoy impresionada —dijo Jane con una voz que sonaba sincera, y creí muy probable que dijera la verdad. Jane había albergado la esperanza de que el ejército de Victoria causara algún daño aquí, y estaba claro que habíamos fracasado.

Sí, admitieron en silencio los tres vampiros situados a la espalda de Jane.

—Jamás había visto a un aquelarre escapar sin bajas de un ataque de semejante magnitud —prosiguió Jane—. ¿Saben qué hay detrás de esto? Parece un comportamiento muy extremo, sobre todo si consideramos el modo en que viven aquí. ¿Por qué la muchacha es la clave? —sus ojos se posaron en la humana sólo un instante.

—Victoria guardaba rencor a Bella —le contó el pelirrojo.

La estrategia por fin cobraba sentido. Riley tan sólo quería a la chica muerta y le daba igual cuántos de nosotros muriéramos para conseguirlo.

Jane se rio alegremente.

—Esto —dijo y sonrió a la humana igual que me había sonreído a mí— parece provocar las reacciones más fuertes y desmedidas de nuestra especie.

A la chica no le pasó nada. Tal vez Jane no quisiera hacerle daño. O quizá su horrible talento sólo funcionara con los vampiros.

—¿Tendrías la bondad de no hacer eso? —le pidió el pelirrojo con un tono de voz furioso aunque bajo control.

Jane se volvió a echar a reír.

—Sólo era una prueba. Al parecer, no sufre daño alguno.

Me esforcé en mantener mi expresión en plan Kevin y no traicionar así mis intenciones. Por lo visto, Jane no podía causarle a aquella chica el mismo daño que a mí, y eso no era algo normal para Jane, pues por mucho que se estuviera riendo ahora, yo podía sentir que aquello la sacaba de quicio. ¿Era ése el motivo por el cual los vampiros de los ojos amarillos la toleraban? Pero si ella era de algún modo especial, ¿por qué no la convertían en vampiro sin más?

—Bueno, parece que no nos queda mucho por hacer —dijo Jane, que había recuperado su monótona voz—. ¡Qué raro! No estamos acostumbrados a desplazarnos sin necesidad. Fue un fastidio perdernos la pelea. Da la impresión de que habría sido un espectáculo entretenido.

—Sí —replicó el pelirrojo—, y eso que estaban muy cerca. Es una verdadera lástima que no llegaran media hora antes. Quizás entonces podrían haber realizado todo su trabajo completo.

Hice un esfuerzo por no sonreír. Así que era el pelirrojo quien leía la mente y había oído todo lo que yo quería contarle. Jane no se iba a salir con la suya.

El rostro inexpresivo de Jane le devolvió la mirada al vampiro capaz de leer el pensamiento.

—Sí. Qué pena que las cosas hayan salido así, ¿verdad?

El pelirrojo asintió, y yo me pregunté qué estaría oyendo en la cabeza de Jane.

Jane volvió hacia mí su expresión anodina. En sus ojos no había nada, pero yo sentí que mi tiempo se había agotado. Ella ya había obtenido de mí lo que necesitaba. No estaba consciente de que también le había dado todo lo que pude al que leía la mente, y además había protegido los secretos de su aquelarre. Se lo debía. Él había castigado a Victoria y a Riley en mi nombre.

Lo miré con el rabillo del ojo y pensé *gracias*.

—¿Félix? —dijo Jane con pereza.

—Espera —interrumpió en voz alta el pelirrojo. Se volvió a Carlisle y prosiguió con rapidez—: Podemos explicarle las reglas a la joven. No parecía mal predispuesta a aprenderlas. No sabía lo que hacía.

—Por supuesto —dijo Carlisle en seguida—. Estamos preparados para responsabilizarnos de Bree.

El rostro de Jane adoptó una expresión que parecía no tener claro si se trataba de una broma. Y si era tal broma, tenía mucha más gracia de lo que ella estaba dispuesta a reconocer.

—No hacemos excepciones —les respondió, divertida—, ni damos segundas oportunidades. Es malo para nuestra reputación.

Era como si se estuviera refiriendo a otra persona. No me importaba que estuviera hablando de matarme. Sabía que el clan de los ojos amarillos no podía detenerla. Jane era la policía de los vampiros. Y aunque aquellos polis vampiros fueran unos corruptos —realmente corruptos—, el clan de los ojos amarillos al menos lo sabía.

—Lo cual me recuerda... —prosiguió Jane con la vista clavada en la humana y una sonrisa cada vez más amplia—. Cayo estará *muy* interesado en saber que sigues siendo humana, Bella. Quizá decida hacerte una visita.

Sigues siendo humana. Entonces iban a convertir a la chica. Me preguntaba qué estarían esperando.

—Se ha fijado la fecha —dijo la chica menuda del pelo corto y negro y la voz clara—. Quizá vayamos a visitarlos dentro de unos cuantos meses.

La sonrisa de Jane desapareció como si alguien se la hubiera borrado de la cara. Hizo un gesto de indiferencia sin mirar a la vampira del pelo corto, y me dio la sensación de que, por mucho que Jane odiara a la humana, odiaba a aquella chica menuda diez veces más.

Jane se giró hacia Carlisle con su inexpresividad de antes.

—Estuvo bien conocerte, Carlisle… Siempre creí que Aro había exagerado. Bueno, hasta la próxima…

Y aquí se acababa todo, entonces. Seguía sin sentir miedo. Sólo lamentaba no haber tenido la oportunidad de contarle a Fred más acerca de todo aquello. Se adentraría prácticamente a ciegas en este mundo lleno de peligrosas intrigas, policías corruptos y aquelarres secretos. Pero Fred era listo, cauteloso y tenía "talento". ¿Qué iban a poder hacerle si ni siquiera eran capaces de verlo? Tal vez el clan de los ojos amarillos se encontrara con Fred algún día. *Sean amables con él,* pensé mirando al que leía la mente.

—Encárgate de eso, Félix —dijo Jane con indiferencia y con un gesto del mentón hacia mí—. Quiero volver a casa.

—No mires —susurró el pelirrojo.

Y cerré los ojos.

Agradecimientos

Como siempre, estoy muy agradecida a toda la gente que hizo posible este libro: mis hijos, Gabe, Seth y Eli; mi marido, Pancho; mis padres, Stephen y Candy; mis amigas del alma, Jen H., Jen L., Meghan, Nic y Shelly; mi agente ninja, Jodi Reamer; mi "*baffy*", Shannon Hale; todos mis amigos y mentores de Little, Brown, y, de un modo muy especial, David Young, Asya Muchnick, Megan Tingley, Elizabeth Eulberg, Gail Doobinin, Andrew Smith y Tina McIntyre; y, dejando lo mejor para el final, mis lectores. Son el mejor público que nadie podría tener. ¡Gracias!

SAGA CREPÚSCULO

Un fenómeno editorial sin límites

Crepúsculo
STEPHENIE MEYER

Luna nueva

«No puedo estar sin ti,
pero no puedo destruir tu alma»

«¿Qué te tienta más,
mi sangre o mi cuerpo?»

Eclipse

«Tú eres lo bastante fuerte para protegerla de sí misma»

«Cuida de mi corazón... Lo he dejado contigo»

Amanecer

«Te quedas sin opciones cuando amas a tu potencial asesino»

«Nunca había sentido la atracción con tanta fuerza»

Y ahora Crepúsculo en un nuevo formato

CREPÚSCULO
LA NOVELA GRÁFICA

Con la riqueza de las ilustraciones de Young Kim y la meticulosa revisión de Stephenie Meyer, *Crepúsculo. La novela gráfica* ofrece un original e inesperado enfoque de la Saga, que cobra nueva vida en este atractivo formato.

También de STEPHENIE MEYER

Huésped, principalmente, una historia de amor